真の背中にたどりつけ！

なぁり

文芸社

リハビリから病室に戻ると、ベッドサイドの配膳台に、見慣れた薄青い封筒が無造作に置かれていた。この時間、リハビリに行っているのは、わかっているはずなのにと思いながら、大して重要な書類ではないだろうと、ひとまずパイプ椅子に腰を下ろした。冷蔵庫からペットボトルを取り出して、蓋を開けた。指先に力が入らず、蓋を捻ることもままならなかったのに、ようやくここまで辿り着けたと、立木雅彦は自らの回復に納得した。ペットボトルの一口の水は喉元を心地よく滑りぬけていった。

ほぼ三か月余り前になるだろうか。自ら交通事故を起こし、この病院に運び込まれた。同乗していた職員は軽症ですみ、二週間入院し、後遺症の心配も回避でき、検査をした上で退院していた。自損事故を起こした雅彦は同乗者に深刻な傷を負わせなかったことが、せめてもの救いであった。ところがその職員が入院中に、会長の片腕といわれる病院の理事が病室にやってきて、退職するように迫ってきたということを見舞いに来てくれた時に聞かされた。職員は、言わば被害者なのに、どういうことなのかと不思議に思いながら、病院に自分が復帰したときにはまた手伝ってもらいたいと伝えたが、職員は多くを語ろうとせず、雅彦の病状を思いやるばかりだった。

意識が戻ってからは、自分自身の病状を細部まで把握し、担当医師や看護師、リハビリ技師たちの意見指導に耳を傾け、前向きに治療に取り組んできたつもりだ。だから比較的早い治癒にこぎつけたのではと、自負していた。

しかし、自分の抜けた病院には多大な迷惑をかけたと反省しきりであった。新病院を立ち上げての五年間、何とかスタートさせたものの、人材、システム、質とまだまだ不十分な状況での五年間だった。

これから一歩一歩、高いところを目指していかなければと、意気込んでいたところでもあった。この三か月余りの入院生活は、これからの我が病院の在り方、地域の病院としての考え方を丁寧に整理し、まとめていくのには、いい時間を与えられたとも考えた。自分の病院を離れ、かつて働いていた病院とは言え、今回患者として世話になるという立場になって、職場としての病院について、いろいろと思い巡らすところがあった。

いよいよ病院に復帰し、迷惑、苦労をかけた分、これまでの不十分な点や改めるところなどいろいろな点に対応し、ひたすら取り組まなければと、考えていた。迷惑をかけたスタッフ職員に返すものは限りなく大きいものがあると心が引き締まる思いがあった。

薄青い封筒から書類を取り出した。一瞬、雅彦の手が止まった。そこには離婚届と、雅彦の病院の理事・病院長職を解任するという書類の二枚があった。手にした書類の端を握りしめ、今にも破れそうなくらいの皺になっていた。そして、青白い封筒がベッドの下に滑り落ちていった。

これは、どういうことなのか。事故を起こしたことが、どうしてこのようなことになるのか。一般病室に移ってからは、妻も子供も顔を見せない。着替えや日用品は病院の職員が持ってきてくれていた。

＊

もう二十年も前になるだろうか。大学病院に勤めていた雅彦に縁談が持ち込まれ、結婚をした。親は兄弟三人のうち二人を私立の医学部に行かせるなど、かなりの資産家だという話で、地域の診療所を経営している医者だという。地域で余裕のある医院とは、なかなかの経営手腕に長けているのだろうと、なんの深い思いもなく感心した。雅彦を含めて、雅彦の親しい医者仲間では珍しかった。縁談の相手は、その長女で、雅彦はそれまでと変わらず大学病院に勤めてくれればいいということであった。

数年後、大学から海外留学の機会を得て、家族を連れて英国へ行くことになった。大学からの海外留学についての資金には余裕がないのはわかっていたが、これから研究をすすめていくためのチャンスを与えられたことを有難いことだと、そして、家族のためにもと思い、四年間英国で留学生活をした。その間、何かにつけて、実家からいろいろな物が届いたということは聞いていたが、雅彦は、「よろしく言っといて!」としか言いようがなかった。慎ましく過ごせばいいんだがと思いながら、そういった妻と妻の実家の関係にいちいち口を挟む気にはならなかった。これからの医者人生において、この英国での四年間で貴重な経験を積みたかった。そして、ただただ仕事に邁進したかった。

帰国後は大学に戻り、四年前と変わりなく大学病院と自宅の往復が続いていた。その間に自宅も購入し、自宅のあるニュータウンの地域の役職も引き受け、平穏に過ごしていた。一般病院勤めではなく、公立大学の病院勤務では高額な収入はありえないのは、妻もわかっていたはずなのにと思うことも度々あった。

長男の敬史が医学部に行きたいということで、ならば公立を目指すように言ったが、一年間浪人したら、

「おじいさんが出してくれるから」「おじいさんと働きたい」「おじいさんの病院でおじいさんの助けをしたい」

敬史からは、祖父をまるで崇拝するが如くの言葉がよく聞かれるようになっていた。雅彦は、敬史が真面目に勉強をしてくれていればそれが何よりで、雅彦自身も大学病院の仕事に熱中できることは、いい環境にあると思っていた。妻からは、「実家から」「実家から」という言葉が頻繁に聞かれるようになっていたが、聞き流していれば済む話だと、取り合わぬように過ごしていた。

英国から帰国し、大学に戻り、四年間ほど経ったある日、妻の実家から、相談したいことがあると呼び出された。それは病院を新築するので手伝ってくれないかという話であった。診療所を拡充するくらいのことかと思っていたら、何と総合病院にするということだった。これは、妻の父親である診療所の所長の意向なのか。それともクライアントがいるのか。雅彦にとっては、もっと事前にそれらしき話を妻から聞いていたならまだしも、突然の話だった。用地も確保してあるということで、すでに事は走り出していた。これは妻の父親ひとりの構想ではない。誰か担いでいる人間がいるのではと頭をめぐらせた。義父には地元で昔から土建業を営む親友がいて、病院経営の理事にすえていた。そして、面倒なことがあると、すべてその理事にまかせてやってきた。

子供を医者に育て、それに医者の相手をくっつけ、一族で経営していこうということなのか。そのうちに主導権争いが起こり、親の意向に添わない輩は追い払われるということなのか。孫も医学部にいくというのは、こんなうまい繋ぎがあるものなのか。次女も医者とは言え、子育てをしながら、アルバイト気分で診療所の手伝いをしている程度である。一人息子もまだ医者としては一人前ではない。雅彦は、大学病院での研究テーマも、もう少しで目途がつくところである。手伝うということは、大学を辞めずに、病院の立ち上げだけを手伝ってほしいということなのか。決めかねていたところ、新病院ができたら、院長としてやってもらうつもりだと言ってきた。長女の夫とは言え、婿養子になっているわけではないので、本意をつかめないままでいた。

病院づくりは、雅彦の考えを第一にするので、大いに意見を積み上げていってほしいとの話があった。医者人生で自分の思いを込めた病院づくりができるなど、そうある話ではない。雅彦の性格を知り尽くされているとわかりつつ、地域医療の理想を目指した病院づくりに気持ちが傾いていった。

事業計画書の作成は、大学勤めしながらできると思っていたが、時間に余裕がなくなっていた。大学の業務を終えてから、自分のデスクでの病院づくりを構想していると、明け方になることもあった。開業するまでは、二足の草鞋を履かないと追いつかない。そのうえ生活のこともある。しかし、妻が実家に言ったのであろう。実家から援助をするので、新病院の方に専念してくれないかとの話があった。結局、雅彦は大学を退職した。

しかし、建築会社の企画設計者と話が通じない。これまで、病院建築を経験してきたとは思えない。たとえ地域の病院とは言え、これからの時代を考えての病院の在り方を煮詰めて考えるべきだと、まず、企画計画に打ち込んだ。地域の医療環境、大学病院や先進治療との連携等々、雅彦は自らのネットワークを使い、できる限りの最新情報を取り寄せ、海外からの情報も併せて、地域に役立つ総合病院づくりとはどんなものなのか、まずは、理想を求めることからスタートしなければと考えた。大学病院に勤めていた時は、地域の情報や諸々の話など聞くこともなかったが、建設予定地周辺を歩き、地域の人たちと接触を持つと、意外な話に行きつくこともあるのではないか。
　周辺地域のことをあまりにも知らなすぎる。完成後は自分が院長として運営していく病院なのだと自らに言い聞かせ、気を引き締めて取り掛かった。

　そんなある日、建築主任と昼食をしようと、現場近くのレストランに入った。現場事務所で打ち合わせをすることはあっても、一緒に昼食をしようとしたことなど、まずなかったので、事務所の人間は驚いた様子だった。雅彦が院長になる人間であることから遠慮しているのか、気軽に声をかけてくる者はいなかった。また、現場を離れて話す機会もなかった。気難しいと思われていたのだろうか。結構楽しい奴なんだけれどと自分自身では思っていても、どうやら彼らには通じていなかったようだった。

建築主任は、「このあたりのことはよく知らないので、ファミレスでもいいですか」と聞いてきた。雅彦は、何のためらいもなく受け入れ、建設予定地の近くのファミレスに案内された。


昼時だったので結構賑わっているが、住まいと離れていることから、顔見知りと出会うことはない。隣の席の三人のご婦人たちが話しているのが、否応無しに耳に入ってくる。聞き耳をたてているわけではないが、一枚のパネル越しでは、聞いて頂戴と言わんばかりに彼女たちの話が聞こえてくる。

近くのお年寄りが亡くなったら、世話になったと礼金を包んで医者に直接渡すものだと言われたとか。建築主任には聞こえていないふりをしていたが、耳をそばだてていると、どうやら、妻の父親の診療所のことを言っているようである。そういうことが常態化しているのか。新病院では、改めていくテーマになると、頭に刻んでおいた。建築主任も察しがついたようだが、まだ食事半ばなので、立つこともできず困りきっている。居心地悪そうな表情が、かえって気の毒でもあった。

食事を終えて外に出たら、建築主任は、「すみません、こんなところにお連れして申し訳ありませんでした」と、しきりに謝る。

「君が謝ることではないよ」

と言ってもバツが悪くてつらそうなので、早く離れてあげる方がいいと、次の打ち合わせ日時を決めて、早々に駐車場で別れた。

ガラス窓越しに、三人のご婦人のお喋り姿が見えた。新病院が立ち上がったら、彼女たちも病院の利用者さんたちになるのであろうが、新病院では、先程話題になっていたようなことを引き継いではならない。良くない慣習は断ち切らなければと、と昼食に出た値打ちありと納得していた。


建築主任と別れた後、これから新病院と関わることになる周辺の地域をドライブすることにした。

大学病院や住まいの周りとは異なる、穏やかな田舎の自然を満喫し、ここで本当に求められる地域医療を目指そうと心に決めた。住まいもこの近辺に移してもいいのではと考えるほど気分が高鳴っていた。生まれ育った地は、都会とは言え、自然の多い郊外でいい環境であったが、これからの人生を過ごすこの地に、より一層の思い入れを強くした雅彦であった。

かなり車を走らせたのか、ウロウロと辺りの景色に目をやりながら走ったからなのか、いつになく疲れたので、目に留まったカフェの駐車場に車を入れた。古民家風で、中は座敷になっていた。窓際の柱のところの座布団に腰を下ろし、柱にもたれかかっていると、

「お疲れのようですね。ごゆっくりなさってください」

注文を聞くよりも、まず、労わりの言葉で出迎えられたことに、この地への親しみが増していった。そう言えば、このところ、お疲れ様やご苦労様という言葉をかけられたことがなく、これほど心が癒される空気感に接したこともなかった。ごく普通に交わされる言葉を忘れていたのは、どういうことなのだろうか。新病院を立ち上げるまでは致し方ないのだろうか。足を投げ出し、柱にもたれかかり、ほどよい温かさのコーヒーにひとときの安らぎを得た。その一杯に心が解きほぐされていった。ひたすら病院づくりに走っているばかりで、歩みを止め、試行錯誤することもなく、自らを省みることも忘れていたことに、ふと、気づいた。

そして、この病院づくりを進めていくのに、妻の父やその片腕という理事の意向が理解

しがたいことが多々あることが頭をよぎった。

予算については、会長である義父とその理事で監理していくので雅彦は心配しなくていい。設備や機材の購入についても企画計画ができたらこちらが引き継いでいくので、任せてくれればいいと義父と理事に言われた。これは、雅彦への気遣いなのだろうか。雅彦には「金」には触れさせたくない、雅彦を業者との交渉に関わらせたくないということなのか。しかも、病院建設の経験のない建設会社をなぜ指定したのか。理事が地域の土建会社の経営者というのも関わりがあるのか。雅彦にとっては、会長や理事の心遣いだと思いたいが、ファミレスでの会話を思うと、そうではないのではという思いが頭をよぎる。しかし、雅彦にとっては、病院の人材教育やシステムの構築の方が、優先項目である。うまく病院機能を動かすことが第一の使命だと自分に言い聞かせ、スタートするまでは、いろいろと思いを巡らすことはおいておこう。スタートしてうまく稼働すれば、この件について立ち入ることもできるだろうと、頭を切り替えることにした。

手にしたコーヒーカップが空になっているのに気がついた。若いカップルの客が入ってきた。すっかり、長居をしてしまったと詫びると、

「とんでもない。ごゆっくりなさっていただけましたか。どうぞ、お気をつけて。ありが

とうございました」

見送りの際のごく当たり前の言葉なのだが、その柔らかい人当たりは、雅彦のしばらく忘れていたものだった。


義父が妻を通して、診療科のヘッドは次女と長男を必ずつけるようにとの要望があった。次女の夫も医者なのだが、その話には入ってこない。これは、雅彦への気遣いなのか。次女の夫は、どの場面にも顔を見せてこない。医師スタッフの求人を考えるとき、その次女の夫の繋がりも頼りになると思っていたが、なぜかそこには辿り着けない。次女も長男も出身校の先輩や教室への依頼に積極的ではない。義父に話し合いの場を求めても、

「雅彦君の方で決めてくれればいい。リストを出してもらえば、勤務条件については、引き継いで交渉していく」

と、言うばかりである。

次女も長男も同じ医科大学に行かせているのに、父である義父は、その大学の教授たちとは懇意な間柄ではないのか。いい付き合いをしていたのなら、その繋がりからでもいい人材を紹介してもらえるのではないのか。次女も長男も他人事のような対応なのはどうし

てなのか、雅彦には理解しがたかった。
妻は何の会話の相手にもならない。どうにかして優れたスタッフを集めたいと、雅彦は自らを奮い立たせていた。

雅彦が大学病院に勤めていた時の教授に推薦してもらうことや、友人関係にひたすら頭を下げ、頼み歩くことにした。病院勤めをしていても、自分でテーマを持っている医師は簡単には動かない。公立病院より私立の病院の方が勤務形態はラクで収入も高くなるというのはわかっていても、人生のすべてをそこで全うするならいいが、次へのステップとするなら、その病院がステップアップに繋がるかどうかは人生の分かれ道にもなる。雅彦は、ステップになる価値のある病院に育てなければ、いいスタッフをリクルートできないことは、これまでの経験からもわかっていた。

雅彦は、かつて世話になった教室へ挨拶に出向いた。教授は留守であったが、教室付きの秘書に話をし、教授室を後にした。
「先生、ご栄転ですね。おめでとうございます。お忙しくなるでしょうが、またお寄りください。お顔を見せてくださいね」

秘書の女性は、にこやかに見送ってくれた。

この教室を辞めてから、それほどの月日が経ったわけでもないのに、なぜか懐かしい思いがするのは、まだ、この職場にひかれるところがあるからだろうか。大学に入学してからこれまで、ずっと通っていたところなのだから、人生の多くを歩いてきたところだと、一度振り返り、また歩みを進め、廊下の角を曲がった。


教授室を訪ねてから一週間ぐらい経った頃であろうか。秘書の女性から電話があった。早速、応じてくださったかと期待に胸膨らませ教授室に出かけた。教授室に通されると、

「立木君、君の要望は、秘書から聞きました。私は、出来る限り君の力になりたいと考えていますが、このような事をされては困ります。受け取ることはできませんので、引き取ってください」

と、包みを入れた紙袋を差し出された。

雅彦にはその紙袋の意味が理解できず少し躊躇していると、教授は、

「一昨日、君の関係者という方がご挨拶に来られて、置いていかれたということですが、

手土産というものではなさそうなので、早くお戻ししなければと、来ていただいた次第です」

「申し訳ございません。私、よくわかっておりませんが、無礼なことがあったのなら、誠に申し訳ありません。帰って事情を確かめ、再度お伺いいたします」

雅彦は紙袋を受け取り、教授室を出た。

秘書の女性から、雅彦が来た三日後に年配の男性が来て、置いていかれたと聞かされた。義父かなと思ったが、秘書の話によると、その男性はどうやら義父の片腕という理事だったようだ。

そうした手土産や謝礼を黙って受け取る教授もいるが、雅彦の教授はそうしたいじましいことは、殊の外嫌がる人であった。しかし、この前、教授室に来た時には教授は不在で詳しい話はしていなかった。秘書の女性には、また、教授の手の空いた時に来ることにするといい、その要件もかいつまんで話しただけであった。教授には、その旨を伝えてもらうことにしたまでなのに、どうして理事が出向いてくるのか。不思議だった。雅彦は、かつて自分が所属していた大学に担当教授を訪ねたことを、まだ義父には話していなかった。妻には教授を訪ねたことだけを話したが、それがこのような動きになってしまっていたのかと、何とも解せぬ思いでいた。帰りの車では、思い巡らすことが尽きなかった。助手席の紙袋には、菓子折の上に厚みのある封筒がのっている。義父や理事なら、なんのためらいもなく受け取っていたにちがいない包みものがのっている。

家に戻り、その日、大学であったことを話し、教授のプライドを傷つけたことと、雅彦のプライドも傷ついたことを妻に話すと、妻は反対に雅彦を非難してきた。お父さんが気をつかってしてくれたことだと反論する。この一族はこういった思考で生きてきたのか。そのひとつが、ファミレスで耳にした会長への謝礼金。これが地方都市の現実なのかとも想像した。ならば、新病院では、これまでの悪しき慣習を取り払い、清新で、信頼あるものにしなければと強く心に刻んだ。

診療所ではなく、多くの病床を備える総合病院ともなると、どんな問題が起きないとも限らない。雅彦は、医療問題にも長けた弁護士を顧問についてもらうことを提案したが、そのようなことが起こったら、理事が処理してくれるので必要ないと軽く却下された。あの強面で押さえつけてしまおうということなのか。問題が発生することなく、円満に病院業務が遂行されるに越したことはない。しかし、雅彦が院長としての責任があると話しても海野一族には通じなかった。

どうにか、開院の目途がたちそうなところまできた。看護師は前診療所から引き継いで働いてくれるスタッフと他の病院で働いていたキャリアナースたちであるが、なかなか連携が難しかった。開院までにトレーニングをしなければということで、次女に受け渡したが、どうもうまくできていないとの指摘がキャリアナースからあった。次女に話したところ、子育てのこともあるので、院長である雅彦の方で、カバーするようにと会長である義父からお達しがきた。内科のヘッドになっているのだから、内科だけでもしっかりまとめていってほしいと言っても、早退したり、入院病棟を部下の若い研修医に任せたりと、まず、無責任極まりない。看護師も相談するところがなくて、雅彦のところに駆け込んでくる。会長の方へ相談するように言うと、困り果てて泣き出してくる。そんなことを会長に言えば、すぐクビになると言う。それはないだろうとスタッフに言うと、会長からではなくて、理事の方から呼び出されて、クビになった看護師がいるということを聞かされた。会長である義父は、一見優しそうな表情をしているので、スタッフたちは気を許して困っている現状を喋るらしいのだが、その後で強面の理事から呼び出されてお叱かりを受けているとのことを知らされた。

そう言えば、以前、家のちょっとした修理のことで、雅彦ができないので業者に頼もうと言ったら、妻が病院の設備のスタッフに来てもらうと言ったことがあった。私事だからそれはよくないと言うと、「もし来られないといったら、会長に言えばすぐクビになるから、来るわよ」と言っていたのを思い出した。

こんなことがあったのか。これまで、大学に勤めていた頃には、妻の実家のことや家族関係のこと、公私の事などに触れずにいたものが、病院に関わることによって、細々と知らされていくようになった。

しかし、こういったことも病院の院長としての責任を果たしていくためには、必要なことなのだろう。改めるところは改め、理解を求めていくこともお役目だと考えるようになっていた。これからの人生の通過過程にいるのではなく、人生のすべてがここにあるというのだから、何としても納得のいく仕事場にしていきたいとも思っていた。

久しぶりに少し早く仕事が終わったので、ケーキを買って帰ることにした。いつもより早く家に着いたが誰も帰っておらず、犬が鳴き、まとわりついてきたので、散歩に連れていくことにした。しばらく、忙しくて散歩にも出ていないので、リードの引き具合を確かめながら、小一時間近くの公園で過ごした。家に戻ると、妻と子供は帰っていた。妻の実家で食事を済ませてきたということだった。ケーキの箱を見て、明日、ご近所の方に持っていってあげようと冷蔵庫に入れていた。どうやら、日頃自分たちだけで楽しんでいるケーキとは違っていたようである。息子は、雅彦の食事のことなど全くかまわず、実家で買ってもらったというプラモデルに夢中になっている。

雅彦は台所へ行き、冷蔵庫にあったシチューを温めて、ひとりで夕飯にした。まあ、世の中の親父はこんなものだろうと余計な会話はしない方が、揉める原因にならないことだろうと、静かに二階の自室に退散する。これが、ごく当たり前の日々であった。

＊

雅彦としては、まだ、準備不足で不安しきりの開業ではあったが、走りながら修正しようと、予定期日の開院にこぎ着けた。

入院病棟はすぐにベッドが埋まっていくものではないので、それほどの混乱はないが、受付、外来、検査体制、会計と、すっきりスムーズにいかないのは無理ないことだと思っていた。間違いは許されないが、時間が長引いたり、ちょっとした行き違いは、即座に訂正すればと考えていた。ところが、次女のところでは、看護師やクラークが度々目を泣きはらしているというのが伝えられてきた。当初、何があってのことなのかと気にはなっていたが、雅彦は、自身の外来と入院病棟のことで時間に追われることが多くなり、それぞれの守備範囲に任せるようになってしまっていた。大学病院でもいろいろあったが、我が病院では患者さんへの対応、言葉遣い、意見の衝突と、ひとつひとつを丁寧に解決していこうと初めは考えていたが、開院してからは、なかなか余裕がなくなってきていた。どうにか、その時々で収めていく日々が続いた。しかし、スタッフの退職が少し多いように感じていた。それも、次女の周りのスタッフに多いようだった。だが、次女から相談を持ち掛けられることもないので、次女の方で手当てしているのだろうと、気に留めていなかった。

大きな支障もなく数年が経った。次女が看護部長に起用したいと、経験豊富な女性を連れてきた。雅彦に会わせる前に、会長である義父には承諾を得ているということで、雅彦が意見を挟む余地は一切なかった。都会の病院勤めから、よく地方のまだ数年の病院に来てくれる人がいるものだと、有難く思っていた。これで、いろいろ面倒な話を聞かされずに済む。次女は大体のことは義父に話していたので、雅彦のところへ面倒なことを持ち込むことはなかった。雅彦は、そのことをいいこととして済ましていた。

その看護部長が着任して数か月ほど経った時、総看護師長と、副看護師長を替えるとの伝達があり、雅彦には事後承諾のような形であった。何があったのか。大変なミスでもあったのか。もし、そうなら、院長である雅彦に話があるはずなのだがと会議で言ったが、大した理由はなく、看護部長と次女の間で決められたことだったらしい。新任も、前任も双方了解しているのなら話を蒸し返すこともない。百人を超えるスタッフのことをいちいち院長の雅彦のところへ持ってこられても、実は厄介なことでもある。以前、大学病院の事務局がよく困った困ったと言っていたのが人員の確保のことだったので、院長として、その波を潜り抜けていられるのは、幸甚なことだと思っていた。

院長をしているとはいえ、病院内では、気を許した話などできる雰囲気はない。職員にとっての院長の一言は重いものがあるからだ。ちょっとした注意が会長の耳に入れば、大変なことになる。次女の周りでは、怖いように人が入れ替わり動く。雅彦のチームのスタッフは、これまで入れ替わってはいない。それぞれが、中堅の看護師たちで、うまくフォローをし合ってくれているので雅彦の手をあまり煩わせないのは、ありがたいことではあるが、冗談言ったり笑い声があったりしてもいいのだが、とも思う。

院長職は、地域の医師会の会合や地域との交流などもしなければならない。医師会の会合で大学の同期の医者と出会うことが雅彦にとっての楽しみだった。周りに気遣うことなく、話をすることは肩の凝りをほぐしてもらうようでもあった。

その友人は、大学病院にいる時、教授のところに持ち込まれた、後継者のいないクリニックを引き継ぎ開業してくれる人材の募集に自ら手を挙げたのだ。ドクターの奥さんとふたりで何の縁もない町に行ったという。大学で別れて以来、会うこともなかったが、雅彦が大学を辞めて、この地の病院にいることで、再会することになった。友人は、当初クリニックだけを経営していたのが、今では介護施設も数軒経営し、クリニックも新しく建て直し、地域ではなくてはならない頼りにされる存在になっていた。その経験と実績から発言する彼の意見は、医師会の会合でも一目置かれるほどになっていた。

雅彦は、医師会の会合で、彼と会うことが楽しみになっていた。田舎とまで言えないが、地方の医者とは思えないダンディなところや爽やかな印象は、大学の医局にいた頃とはかなり違っていた。地方の慣習になれ、高齢化の進む地域で、こんなにイキイキとしたいい顔つきをしていられるのはどうしてなのだろうと、会うたびに感じていた。

そのダンディな彼と、一杯のコーヒーで周りを気遣うことなく胸襟を開いて話をすることは、心地よいひとときでもあった。また、友人も、雅彦の心情を受け止めてくれているかのように言葉を交わしてくれる。若い時には感じなかったが、彼と話していると、心が解きほぐされる感じがして、素直に話ができた。彼は、高齢者を多く診ていくうちに、高度な治療を施すよりも心の奥にしまい込んだものを少しずつ引き出してあげることが、治療のファーストステップだと実感したという。これは若い患者さんでも同じことだと思うのだが、地方の町で高齢者の患者さんと接することが日常なので、彼は勉強させられたという。

「病を治療することは、〝こころ〟を元気にすること」

雅彦は、恩師の言葉を思い出した。

院長職の激務に追われていて、ここしばらく忘れていた言葉である。こんなに医療の基本的なことにも考えが及ばなかったのは、自分自身に余裕がないということではと自らを振り返った。

大学病院にいた頃は、どちらかいうと、ひとりテーマに向かっていたところがあった。そして、今、病院長と言っても、義父である理事長が全てを仕切っている病院では、病の治療に傾注することが、病院の質の向上に繋がるので、自分の仕事だと考えていた。しかし、もっと、地方医療の本質を勉強しなければと思い始めた。そのためには、病院経営についても知り、場合によっては理事長とも意見を交わすことからも逃げてはいけないと思った。

雅彦は、自分の余裕のなさが病院での職員の落ち着きのなさに影響しているのではとも考えた。自分のチームは、スタッフの在籍率がよかったので気づかなかったが、他のチームのことについてそれぞれに任せていたのは、院長としての役目を果たしていないのかもしれない。そして、職員たちの働く意欲についても考えるべきことなのだと気付かされた。

友人との話の終わりに、看護師、スタッフの定着について尋ねてみた。すると、彼らの入れ替わりが激しいときは、何かがある場合が多いということだった。そこで、友人のク

リニックのある地域の公立病院にいて、最近、雅彦の病院に来た看護師がいることを話した。その友人は、

「河野良子のこと?」

即座に名前を挙げた。


「君のところにいるの?」

少し、気まずそうに、話をし始めた。

「実は、その河野良子は、その公立病院に来てからしばらくして、看護師体制の改善が必要と言って、かなり強引に看護師を異動させたり配置転換などをして、中をガタつかせてしまったんだ。院長は地域の市長が都会から呼んできた人材で、看護チームのことは彼女に任せておけばいいと思っていたのに、いろんなチームからブーイングが起こり事務長のところでも収まらず、結局院長に収拾のお鉢がまわってきたということがあったんだ」

「そうでしたか。それで?」

と、聞くと、

「その先があって、河野良子は、その前の病院からヘッドハンティングされたと思ってい

て、市長から副院長にするからと言われたので自分を副院長にせよと、院長に迫ったらしい。院長は、国立大学からの医学博士が代々来ていることだし、副院長もその系列の医師がなっているから、河野看護師からそのような申し出があるなど想定外の話だったんだ。驚いて返答に困り果てていたら、院長室で泣いたりわめいたりで、大変だったと院長が話していたよ。院長が、市長にたずねると、そんな話をしたことはない。たまたま、知り合いのいる病院だったので、地方だけれど来てくれる人材はないかといったら、しばらくして、河野良子を紹介してきたということらしい。僕もその紹介元の病院のことはよく知っているので、どうして紹介したのかと聞いたら、その病院でも河野良子の扱いに困っていたので、移ってもらうことにはどこのチームからも異論がなかったので、推薦したのだという。どれもこれもいい加減なことだと思うよ。そうか、今は君のところにいるんだね」

「そうでしたか。でも、ご存じでしょう。うちの病院で内科医長をしている会長の次女のこと。それとタッグを組んでいるらしく、看護師の入れ替えが激しくて、事務長も口を挟めないので、大弱りしているのです。私の立場からすると、他人事みたいですけれど」

「面白い話があって、公立病院とうちのクリニックをパートで、かけもちで働いている看護師がいるんですが、その看護師の自宅に、河野良子が、その内科医長の女医さんを、連れていって、河野良子自身が、公立病院でどんなに活躍していたかということを、話してほしい。ということを言ったらしい。うちのクリニックのスタッフは、みんな笑っていたけれど。君も地域病院とは言え院長なんだから、うちのクリニックとの連携もよろしく頼むよ」

笑顔を交えて会話を締めくくってくれた。こういったことは、自分の方から話さないと知ることはなかった。そして、うちの病院で飛び交っている話を考えると、適当にすり抜けてきたことに、一抹の後ろめたさも感じていた。

院長として、一度、皆の話を聞かなければと思いつつ、日々の業務に忙殺されて正面から話を持ち掛けられずに過ごしてきた。雅彦は、近いうちにスタッフたちと話し合う機会を持とう、まず自分のチームからいろいろな話を聞くことにしようと心に決めた。

医師会の会合で友人の医師から思いもかけない話を聞いて数か月がたっていた。前回の会合の帰り、すぐにと考えていたのに、こんなに時間が過ぎてしまうのは、自分のチームにそれほどの問題が起きていないからなので、それなりに悪いことではないと思っていた節がある。

自分の診療科のスタッフたちと、初めての食事会ということになった。その提案が雅彦から切り出されたことは、スタッフにとってかなりの驚きとなっていた。しかし、病棟、泊まり勤務など、みんなうまく調整し合って集まってくれることとなった。

雅彦は、いつもの外来診療の時のネクタイ姿では堅すぎるので、セーターにジャケットという自分自身もリラックスできる身なりをして家を出た。外来診療がすべて終わり、入院病棟の方の段取りもしっかりつけて、チームみんなで決めてくれた和食の店に行った。席は個室になっていて、周りへの気遣いのいらない部屋を取ってくれていた。料理は全員がそろうまで待つことにしてあるらしい。しばらくして、バタバタ、ざわざわとやって来た。

スタッフが部屋に入ってくると、席をどうしようと譲り合っていて、雅彦の横にはなかなか座る者がいない。雅彦が、

「気遣っているのか、嫌がっているのか、どちらなのだ？」

笑いながら言うと、

「こんなこと初めてなので、ちょっと戸惑っています。先生の雰囲気もいつもと違うし」

と、いつも外来で付いてくれている看護師が口火を切ってくれた。

「これまでこんな機会を持つことができなくて、申し訳なかったと思っている。今日は、帰りのこともあるので、お酒はなしで物足りないかもしれないけれど、その分、美味しいものを楽しんでください。それから、無礼講で日頃、みんなの仕事のことについて、それから私への鬱憤も併せて話してもらいたいと思っているんだけれど、お手柔らかに」

と、手元の箸袋を触りながら言うと、みんなは頭を下げて、お互いを見やりながら、

「はい、ありがとうございます」

チームリーダーが声をあげると、それに続いて、いつも明るい若手スタッフである美世《ミヨ》の、

「では、烏龍茶で乾杯しましょう」

という声に、みんな、笑い顔になり、料理に箸が進みだした。

「開院以来、このチームは退職者もなく、みんな和気あいあいとしていると思ってきたけれど、もし何かクリアしなければならないことがあるなら、早期に解決して誰もが気持ちよく仕事に携わることが必要ではと考えたので、今日の食事会を計画しました。僕に対しての意見も受け付けるよ」

その雅彦の声に、

「先生、怒りません？」

と、茶目っ気たっぷりに新人が言うと、

「先生、彼女を甘やかしてはいけません。まだ、私たちで特訓中なので。控えなさい！」

と、言うところなど、日頃の会話では聞くことのない言葉のやり取りに、雅彦の顔が緩んだ。彼女たちの間ではごく日常の会話かもしれないが、仕事の時には聞いたことのない言葉のキャッチボールが、雅彦には心地よかった。

若い頃から明るい性格だと自分では思っていたが、院長業務をするようになってからは、軽いジョークを言うことすら忘れていた。

料理が運ばれてくるたびに話は途切れてしまっては、なかなか話が進まないと思った雅彦は、料理を先に全部並べてしまってもらうことはできないかと、リーダーに言うと、

「その方が、いいですね。頼んできます」

と、席を立った。

しばらくすると、料理がテーブルいっぱいに並べられた。温かく召し上がっていただきたいのが冷めてしまうのでと店の方は言ったが、みんなは、

「大丈夫、大丈夫、すごく美味しいですから」

と、並んだ料理に満足気だった。

誰からも、最近の病院でのことについて話を切り出さなかったので、やはり自分から投げかけなければと雅彦は思い、

「このチームではスタッフは開院以来、みんな変わらずやってくれているのだけれど、私が辛抱させているのなら申し訳ないと思っているんだ。他のチームでは、入れ替わりが多いと聞くものだから」

「そうみたいですよ。うちのチームもそのあおりを受けて他の科から打診されるのですが、リーダーがそれをガードしてくれているんですよ」

と、話を続けた。

「うちのチームは専門的な部門で、医療研修や訓練もしなければならないし、緻密な連携が必要なので、容易に入れ替えられるものではない」

リーダーがそう突っぱねてくれているというのだ。

「でも、アユミ先生や会長先生の意思に添わなかったら、私がクビになるかもしれません」

「そうなんですよ、先生。アユミ先生のところは、河野看護部長と二人で人権無視のよう

な配置替えが行われているんです。アユミ先生の気に入らない人に看護部長が言い渡すんです。アユミ先生は一切知らん顔をして、まるで看護部長の意見のようにしているのですが、みんな知っているんです。あの二人で、優秀な人材はいらない、言うことを聞く人間だけでいいと、取り巻きだけを残しているんです。でも、その後ろには会長がいて、そのまた後ろには怖い理事がいるんです」

雅彦は、あまりの衝撃に握っていた箸を落とした。

「先生は、あまり深くご存じなかったようですね。私たちは、先生は知りつつも追及しないようにしておられると思っていました。先生の専門分野での教えは、私たちの仕事の質の向上のためにとても大事だと考えていました。そして、いい先生についたと思っています。私たちのチームだけでも、しっかり守らなければと頑張っていたのです」

今日の会の始まりが、なぜか重く感じられたのはそういうことだったのかと、雅彦には、想定以上の衝撃だった。

そして、友人の話していた河野良子がここで登場するのかと、合点がいった。

「申し訳ない。院長として、今のままでは地域医療は担えないと思い、まずは医療資質の向上を図ろうと思って、あまり余計なものを見ないようにしてきたのは、事実なのだ」

雅彦は率直に認めた。

「先生、今日は先生を追及するためのお食事会ではなかったはずです。みんながこれまで感じていたモヤモヤとしたものを出すことができて、よかったです。先生に対してほんの少し不信感があったのは、嘘ではありません。先生は会長の娘婿さんだけど、会長やアユミ先生とは違っていると、私たちのチームでは暗黙の認識を共有していました。だから、クビになるまでは先生にいっぱい教えてもらおうと、どこへ行っても通用する医療従事者にならなければと励まし合っていたのです」

「みなさんには、ただただ頭が下がる思いです。今日の話を無にすることがないようにします。これからも意見をしてほしい。情報も入れてほしい。よろしくお願いします」

「先生、お箸がとまってしまいました。さあ、いただきましょうよ。美味しいものを食べて満腹になると、イヤなことも飛んでいくようなので、いただきましょう」

雅彦はチームのみんなに励まされたような複雑な気持ちになっていた。


今日の食事会は、雅彦にとって衝撃的な話題が多かった。会長の娘婿であり、病院の院長であるがために、みんなが言い出しにくいことや問い質したいことも口をつぐんできたことは、雅彦の注意力のなさが原因だったと思わざるを得ない。

この三時間余りの会話は、これからの質の高い地域病院づくりを目指す上での第一歩にしか過ぎないと考えていた。またの機会をつくること、美味しい店を見つけておいてほしいと伝えて、スタッフたちへの詫びる気持ちに替えた。

こういった話は、普通なら妻に話し、胸の内を吐き出してしまうのだろうが、雅彦の場合、それはとんでもないことである。胸の内を語れない夫婦というのはこんなものなのだろうかと、帰宅してもすぐには車を降りず、助手席に置いてあった雑誌のページを意味もなくめくっていた。

今日の会で、スタッフたちの心に溜まっていた鬱憤を少しは吐き出すことができたかもしれない。しかし、雅彦の心に残ったものは、自身で解消するしかない。院長なのだから、何があっても他言してはならないと言い聞かせながらも、なぜか割り切れないものを感じていた。

もう、時間が経ったので過ぎたことにしようとしていたことが、またしても思い巡らすことになってしまう。会長は、どうして雅彦に建築、開業、すべての「金」に関わることに関わらせないようにしていたのか。また、地域の病院としての評価を高め、信頼を得ることが雅彦に求められた役目とするなら、優れた医療介護スタッフの養成も大事なところなのだが、次女や会長のスタッフへの対応は、それから掛け離れているように思えた。

かつて公立病院の新設の際に、発注担当者が建築から設備に関わる費用すべてにキックバックを得ていたことが新聞を賑わしたことがある。しかし、私個人の病院なのだから、そんないじましい発想は必要ないのではないか。堂々とすればいいと思うのだが、そうしたことを知らないのは、もしかしたら雅彦だけで、血縁家族たちの間では全て共有されているのではないか。

次女アユミの夫も大学病院の医師をしているが、この病院の話には、一切関与してこない。雅彦も顔を合わせることは稀である。

表では優し気な振る舞いで、地域の病院としての信頼に繋げ、その実は、会長の親友という理事や看護部長に裏の醜い役目をさせているのではないか。

昔のイギリスの小説で、血縁を殊の外、大事にする家族の話があったことを思い出した。それでは、私という存在はいったい何なのか。雅彦には、敬史という長男がいるので、それが医師となり、この病院を継ぐまでの繋ぎなのか。敬史もおじいさんの跡を継ぐと言っている。私の跡ではないらしい。まあいい、息子が跡を継ぐ頃には私も引退し、自分の道を歩けばいいのだ。

今日の食事会の話題で、こんなマイナス思考に頭を巡らせているなど、雅彦は自分に不甲斐なさを感じた。情けない、しっかりせよ。君の腕で救われる人がいるというのに。つまらぬことを考えることはない。ひたすら、患者さんの回復と元気になってもらうことに向かって行けよ。自らをそう鼓舞する雅彦だった。

車から降りて、家に入り、料理屋で手渡された土産の袋をテーブルに置くと、

「お父さん、お帰り」

おじいさんの背中を追っている息子敬史がいた。


病院二階ホールのテーブルで、騒動が起きていた。アメリカへ留学している次女のアユミの娘が夏休みで帰国し、病院へ見学実習に来ているということだった。そのテーブルでは、三人のお年寄りの入院患者さんが、折り紙をされていた。そのテーブルに、もう一人の患者さんが入ってきたのだが、その患者さんは、少し認知症状が出ているらしく、先着の人たちと仲良くできない。そこに、介護の実習ということで、アユミの娘が後から来た一人をたしなめようとしたら、顔を払われたということらしい。そうしたら、アユミが外

来診療を止めて、やって来て、その近くにいた看護師をヒステリックに叱った。

「あれだけ注意するように言っていたのにどういうことなの？」

と、言われても、その看護師はどうすることもできない。その若い看護師が泣き出したので、年配の看護師がその若い看護師の肩を抱いて詰所に連れていったということだった。

アユミの娘が来ていることで、朝から皆ピリピリした空気が流れて、何もなければいいと、腫れ物に触るようにしていたという。

どうして介護実績もない娘を連れてくるのだろうかと不思議に思ったが、雅彦は、事前に何の説明もなかった上に、事が済んでから聞いた話なので、そのままで過ごしていた。

すると、その若い看護師が退職してしまったという連絡が来た。看護師には一人でも多く留まってほしい状況だというのに、そんなことで辞められたと他で広まっては評判にも関わると、チームのスタッフに話した。しかし、看護師たちの間では、よく知られた話だということだった。

「これは日常茶飯事のことで、アユミ先生のヒステリックな言動は、みんな知っていますよ」

次女は美人さんのアユミ先生で通っていて、年配の男性患者さんには受けが良かったので、彼女のヒステリックな言動はこれまで耳にしたことはなかった。

しかし、雅彦にも思い当たる節があった。時折、妻が相手の話をまともに聞かず、自分の言い分をがなり立てることがあった。どんなに話しても聞く耳を持たないのである。これは生まれ育った環境によるところだろうと、いつも諦めの境地でいた。なるべく、妻のそのような姿は見たくないので、触れないようにしていた。

しかし、次女のアユミのことを聞くと、これは同じ血縁なのだから仕方ないのかと、化学者らしくない回答を導き出していた。


雅彦のチームではないのだが、看護の勉強会が他県で開催されるということで、数人の看護師がそれに行きたいと申し出て来た。雅彦もその開催要項の書類を見ていて、自分のチームから参加したい要望があれば、仕事に大きな影響が出ないように人員をやりくりして、行かせてあげたいと考えていた。しかし、雅彦のチームからは、子供のことや家の事情で今回は誰も参加しないということを聞いていた。それが、次女のアユミのところで一人、他のチームで二人参加の申し出があったと伝わってきた。

雅彦のチームでは、その勉強会の後で、参加した人から、その勉強会の報告会をしてもらおうという話が出ていた。

「それは参加した人に負担がかかるのではないか。もし、勉強会へ出たいのなら、遠慮せず、仕事をカバーし合って、行ってくれていいんだから」

と、雅彦が言うと、

「アユミ先生のところでは、好きにしてもいいが、休暇を取って行くようにと言われて、その看護師は、退職しようかと今迷っているみたいですよ」

との話に、いったいどういう了見なのだろうか、院長としてそのままにしていいものだろうかと、心が騒いだ。

事務長に、交通費も出せないのかと問い合わせると、

「アユミ先生がオーケーを出されないので無理です」

という返事だった。

「院長が許可すると言っているのに、通らないのか」

と言うと、

「会長もアユミ先生の方針に了解されているので、どうにもできないのです」

という返事が返ってきた。

前任の事務長は家柄も育ちもいい、どちらかいうとお坊ちゃまタイプで、銀行から推薦されてきたおだやかな、地域の人々からも親しまれていた人であった。ところがどういう訳か最近、その事務長を辞めさせて若い事務長に替わった。やはりアユミの意向だということだった。後任者は事務経験もないのに、会長や次女に擦り寄り、前任者を引きずり降ろして事務長の席に座った人間である。会長の意向ということだったが、理事会でも、アユミが自分の言うことが通らないなら辞めると恐ろしいほどの剣幕だったから、これは何かあるのだろうと思っていた。また、キックバック、帳簿操作なのだろうか。しかし、もし良くないことが発生したら、自分も院長として、理事の一員として、一蓮托生である。雅彦にも火の粉が降りかかるのは当然のことなので、理事会では、少し意見を述べておいた。雅彦の意見は、議事録に記載されるので、良からぬことに加担していないことが証明されるだろうと、情けない事実づくりをするしかなかった。

彼らは、医療の質向上のための顔としての雅彦院長の存在は認めても、医療法人の経営陣の一人としては介入させたくないのは明らかだった。

年収を増やせとか、休みを取らせろとか、広い院長室にせよとか、低俗な要求をするとでも思っているのか。理事会は、院長雅彦の出る幕は全くないに等しかった。そして、雅彦もこんなところで意見をぶつけて、ストレスを溜めることに利があるとは、思っていなかった。医師としての本分を務めることが、これまでの人生の誇れるところであり、今後への生き様に繋がるものだと自らに言い聞かせていた。

後日、前任の事務長が、挨拶に来た。

「最後の日、私の机の上に段ボール箱が置いてあって、誰かが勝手に机の中の私物をすべて入れていたんです。これまでいろいろなところで勤めてきたけれど、あのようなことは初めてで、すごく情けなかったです。皆さんに終わりの挨拶に行こうと思ったのですが、とてもじゃないけど悲しくて行けませんでした」

と、伏し目がちに話した。

雅彦のところへ来られたのは、これまで理事会などで院長先生は他の方たちとは違うのではと常々感じていたので、せめて、院長先生にはご挨拶したいと思って来たとのことだった。

「そうでしたか。お感じになっていたのは正解です。よく、お顔を見せてくださいました。

そのうちに、是非お食事でもいたしましょう」

握手をし、これまでの労をねぎらうと、

「院長先生、充分お気をつけてください。失礼します。では、また、いずれ」

と言って、部屋を後にした。

雅彦は、ドアが閉まった後、彼の言った言葉を何度も繰り返し呟き、じっくりと噛みしめていた。


ある日医師会から、会合ではなく、時間のある時お出でいただけないかと連絡があり、詳しく尋ねないままに出向いた。

末の義弟が担当している外来で、医師の不在の時に看護師が医療の指示や薬剤のオーダーを出しているというが、これは違法行為ではないかとの話が持ち込まれているとのことであった。

その行為をしているのは、義弟の妻のようであった。彼女は、以前義弟が研修で働いていた病院で看護師をしていて、二人はかなり前に結婚していた。子育てが落ち着いたのか、少し前から同じ診療科の外来で働いていると聞いていた。しかし、医療行為を医師の代わりにするというのは違法だというのは、誰もがわかっているはずなのに、どうしてなのか。

「そういうことはしていないと思いますが、持ち帰って、よく糺《ただ》してみることにいたします。ご連絡いただいてありがとうございました。もし、そのようなことがあっては、私の監理不行き届きですので、充分注意いたします」

と、頭を下げると、

「先生も大変ですね。こういう話を持ち込まれると、一応ケジメをつけておかないと医師会としても、尾を引くことは困りますので。よろしくお願いしますよ」

医師会の担当役員は、しっかり伝達したことを告げると、ホッとしたように部屋を出て行った。雅彦もその役員の後から続き、入口で挨拶をしようとすると、その役員は、

「じゃあ！」

と、左手を挙げて、去っていった。役員にすれば、伝えることは伝えて、病院の方でしっかり指導してくれることで、話を最小範囲に抑えたいと考えているに違いない。

今回の話は義弟と話をすれば済むのだが、どこからこのような話が医師会に届いたのかを知らなければと思った。患者さんが不満を持っていた場合、とんでもない話が持ち上がることもある。看護師たちの間でのストレスに起因してのことなのか。この程度のことと

片づけてはいけないのだが、実はこういったことは結構どこの医療施設でも多かれ少なかれあることだ。それなのに、医師会にまで行っているというのは、やはり丁寧に収める必要があると思った。

義弟は、会長や次女とは同じ血縁かと思うほど意見を述べることがなく、どちらかというと、育ちのいいお坊ちゃまだが、医療の質については困った噂が流れてくることが多い。治療途中で転院する例もよく聞くが、雅彦の専門とは異なるので、医療に関してというよりも、看護師職のことで話すことにした。

時間のある時に雅彦の部屋を覗いてほしいと言っておいたら、医師会に出向いてから二日後に部屋へやって来た。

「忙しいところすみません。順調にいってますか?」

ごく一般的な会話から入ることにした。義弟は、缶コーヒーを二本持ってきて腰かけた。

「それは、すみません。お呼びたてしたのに、用意していただいて申し訳ありません」

実は、と雅彦は医師会に呼ばれた件を話した。義弟は、自分の外来でどんな事が起こっているのかを詳しく把握していなかった。

「それほど大ごとにすることではないと思いますが、火の粉は小さいうちに消しておく方がいいと思いますので、一緒に解決することにいたしましょう」

弟は、少し驚きの表情を見せ、

「外来で妻が一緒に仕事しているため、チームスタッフたちにストレスがかかっているようなことは、他の診療科から声が出ていると、聞きました」

「それを先生のチームの誰かにこっそり尋ねたことがありますか？」

雅彦も、先日の食事会をするまで、知らないままでいた自分を省みながら話を進めた。

「先日、私のチームで食事会をしたんです。初めは口が重くて、本音を語ってくれなかったんですが、時間をかけ、料理が進むうちに、少しずついろんな話を聞かせてくれました」

「そんなことがあったんですか」

雅彦は、先日の食事会の話は出さないでおこうと思ったのに、つい、義弟だからと気を許して喋ってしまったことに、なんと軽い奴だと呆れてしまった。

「まあ、チームの融和は難しくても努力しなければならないことですが、もし、それを先生の思いのままにやろうとすると、独裁になり、長続きしません。先生は融和派でしょうから、その気持ちを表されたら、みんなもわかってくれると思いますよ」

「ただ、看護師が医療補佐の域を超えるとこれは、厄介な話になりますので、注意しなけれぱと思います」

看護師が日々の業務を行う上でストレスとなっていることがあるなら、それを解消していくことも仕事の内で、患者さんに元気になってもらうことに次いで大事だと考えていると話した。雅彦は、自分にも言い聞かせているような気持ちになった。

義弟は、自分の周りをよく見直してみますと言って、席を離れた。

どのように解決するのか、また相談にやって来るのかはわからないが、自分で当たってみなければ先は見えない。このチームには義弟の妻が大きく関わっているからで、義弟にとっては自分の仕事にも影響が及んでくることがあるのだ。

医師会へは、

「ご指摘の件については、ご迷惑のかからないように、適切に処理してまいりますので、少し時間をいただきたい」

という文面を送付しておいた。


久しぶりに、早い時間に一日の業務が終わった。廊下ですれ違った二人のスタッフに、仕事の進捗状況を尋ねると、

「今日は、早く帰れそうです」

と言うので、

「僕も終われそうなんだけれど、お茶でもして帰らないか。こんなことを言うと、誤解されてはいけないのだけれど、三人で行きませんか」

こんな誘いをすると、うるさい耳にジャックされることがあってはよくないが、三人ならば問題もないだろうと思い、声をかけた。

「ぼく、店をよく知らないので」

「二人で相談して、決めますね。後で、メモをお届けします」

チームスタッフたちと前回食事会をしてから、もうどのくらい経ったのだろうか。全員での食事会となると、皆の勤務の調整をしなければならないので、大層な話になってしまう。今日のようなタイミングでみんなと喋る機会を設けるのもいいのではと、まだ、出かけていないのにちょっと満足気でいた。

病院から少し離れた場所に、その店はあった。

車を停めると、中から手をあげ、笑い顔で出て来た。

「先生、わかりましたね。よかった。もし、迷っておられたらと、心配しました」

中には、すでにもう一人がテーブルにいた。店内は比較的ゆったりしていて、客も一組が離れたところにいただけだった。

「こんな辺鄙なところ、よく知っていたね。僕は帰りの方角だけど、君たちは反対なのでは？　でも、いい感じのお店で嬉しいよ」

と、席に着くまでに、ひと喋りしてしまった。

「ここで、よかったですか。急だったのでいろいろ思い浮かばなくて。先生が喜んでくださってよかったです」

二人は、安堵した表情でメニューを開いていた。

「食事というほどボリュームのあるものはなく、軽食という程度のものですけれど、パンはご主人が焼いておられて美味しいですよ。野菜も横の畑で作っておられるので新鮮です」

二人は、よく来ているのだろう。

「店のオーナーになり代わって紹介しているのよ」

と、二人はオーダーを取りに来た女性に笑いかけている。

二人のお勧めに従って、少し多めに頼んだ。

「先生、お夕食食べられなくなりますよ」

と、気にかけてくれたが、

「大丈夫、僕、結構、大食漢なんだよ」

帰っても、予め食事すると言っていなかったら食事にありつけないということなど彼らには想像できないだろう。だから、今日も何かで腹を満たしておくのだ。

雅彦の夕食が始まった。

「先生、今日丁度いい機会だったので、お話ししたいことがあるのですが。他のチームの一人が、うちのチームに入りたいと言ってきたのです。大分前から聞いていたのですがいつ先生にお話しすればいいかと考えていました」

「今、どこにいるの？」

と、問うと、

「それが、アユミ先生のところなのです。そんな話がアユミ先生の耳に入ったら、配置替えどころか、即刻クビにされますもの」

「そんなクビになるなんてこと……。看護師さんは人員不足なので、それはないと思います」

「先生、よくご存知ではないみたいですが、アユミ先生のところではイエスマン以外は勤まらないのです。アユミ先生は自分では関わっていないように振る舞われていますが、河野看護部長が言い渡されているのです。これは殆どの人が知っていることです」

前回の食事会でも話題になっていたが、またしても聞かされるとは思ってもいなかった。

「う～ん、よく考えてみるよ」

と、言うだけですぐに回答をしないことに、彼女たちは不甲斐なさをまたしても感じていたに違いない。以前、次女のヒステリックな言動は耳にしたことがある。できることなら聞きたくないサウンドである。だから、触れないように、触れないようにしてやってきた。

「話は、よくわかりました。ありがとう」

と、話題を次に進めた。

お茶というより、軽い夕食タイムになった。雅彦は、病院からストレートに自宅に帰っても妻には話せないことばかりで、胸に欝積したつかえが、どうにも下ろせない。それで彼女たちとのお喋りのひとときにストレス解消を求めたのだが、またひとつ難題が加わった。しかし、彼女たちとのお茶の時間には、心地いい透明感を感じた。つまらない思惑などない、明るく働く意欲に満ちたものが見られたからだ。

「先生、暗い話をしてしまい、すみません。先生、今日の先生、軽快な感じで来られたのに、私たちの話で重苦しくさせてしまって申し訳ありません」

「そんな風に思わないでほしい。事実を知らないと、病院にはいい風は吹きこまないと思っている。重苦しい表情をしたように感じさせたのなら、かえって申し訳なかった。これからも、お茶タイム大事にしよう」

その後、数か月の間隔をおいて、何度かお茶タイムを持った。雅彦のチームは、少しずつ、いい繋がりを深めていった。


病院がスタートして五年が過ぎた。

医師も看護師も職員すべてが、次の五年に向けて、改善するところ、継続するところなど、これまでを見直す機会を設けることが必要だと、雅彦の方から理事会で提案した。

医師も、看護師も、事務管理も、設備に至るまで、職員、常勤、非常勤すべてのスタッフに意見を出してもらいたいと話すと、静寂に包まれた。数分経った時、河野看護部長から、

「では、私のところで受け付けて取りまとめましょう。先生方もお忙しいと思いますので」

と、切り出した。雅彦は、河野良子では揉み消しをしたり、書き加えたりと何をするかわからない。以前雅彦のチームの一人が、

「近頃、病院内には言いたいことが言えない、強権体制みたいなのがあると、大学病院から来られていた先生が契約期限を待たずに辞められた。恐い風が流れている病院だっておっしゃっていました」

そんなことを聞いたことがある。

雅彦に辞める挨拶に来た時に、はっきりした理由も告げず、ただ、一身上のことだと言っていたが、彼からすると雅彦もそのよくない風の中の一人だと思われていたのかもしれない。

「それは、残念です。これからも頼りにしていましたので。また機会がありましたら、よろしくお願いいたします」との常套句で締めくくっていたのは、雅彦の勘の鈍さに尽きると思うのであった。

「アンケートについては、私が言い出したことであり、病院の発展については、院長という責任があるので、私の方でまとめさせていただきます。よろしくご協力ください」

その後、アンケートについての異論が出ることはなかった。

スタッフにアンケートの集まり具合を尋ねると、結構出てきているということで、期限をもって整理し、次に繋げていかなければと雅彦は、気を引き締めていた。

前回のお茶会から半年ほど経った。チームのリーダーに声をかけると、前回のお茶会に参加した二人を送ると笑いながら応えてきた。自分もうまく仕事の段取りがついたら後から合流してもいいかと言ってきたので、当然だと軽やかに返事を返した。今日は、前に美味しかったオムライスをまた食べようと、すっかり若者気分に浸っていた。

雅彦が店に到着すると、いつものテーブルに二人待っていた。少し遅れてリーダーが来るという。もう何度か来ていて、メニュー内容も分かっているので、サラダ、スープ付きオムライスを頼むと、

「先生、オムライス、気に入っておられますね。前来た時も、そうでしたものね」

「そう、病院を出るまでに決めていたよ」

そんな他愛ない会話に、雅彦は心が解きほぐされるのだった。

「先生、アンケートの話ですが、河野看護部長が、どのくらい集まっているかと頻繁に尋ねられるのですよ。まだ、期限が来ていないのでわかりませんと言ってあります。私に声

をかけてこられることって、めったにないのですけれど」

「それは、何かと気になることがあるということなのかしら、それともアユミ先生からのお尋ねなのかしらって、みんなで話しているところです」

食事の後、デザートをどうしようと三人が賑やかにしている様子は、ちょっとお姉さんの女子会という感じで和やかな平和なひとときでもあった。これも、雅彦の重荷になってはいけないという計らいをしてくれているのだというのが、よくわかっていた。

三人が一台の車に同乗してきたが、その内の一人の家の方角が、雅彦の自宅方面らしいので、雅彦が送っていくことにした。

いつもの道を少し逸れた、初めての道だった。


注意はしていたつもりだが、ふっと、横に目をやった時、事故を起こしていた。

雅彦は、何の弁明もさせてもらえず、病院と住まいから追い払われた。

自分のチームの看護師と不倫をし、同乗させた上、事故を起こしてしまった。病院内にも地域にも大きな汚点を与えたというありもしない話をでっちあげられ、雅彦はすべてを剝ぎ取られてしまった。

不倫ということで、慰謝料の請求もできるところなのだが、それもしないので、去ってくれと強面の理事が理事会の総意として、伝えてきた。

弁護士を立てて争うこともできたが、病院の雅彦のチームのスタッフにも影響が出ていることを考えて、言われるままに実家に戻った。年老いた母親には、事故の怪我の後遺症に加えて、さらに一層の心配をかけてしまった。

雅彦の母親は、父の残してくれていたもので何の不安もなく老後を送れるはずだったのが、心に大きな重荷を負わせることになってしまった。病院の院長という役はそれほどのことではなかったが、母親としては、不倫をしていたということは、つらい言葉だった。

実家に戻ってから、事情を話したが、その根底に病院の悪巣があることなど、情けなくて細かく説明する気になれなかった。


雅彦は、身体をしっかり回復させて、また、勤務医をすることにした。追われたと言っても、何の非とするところもないので、これまでの繋がりのもとに勤務先を求めた。実家で母親がひとりなので、そこから通いやすいところとも思ったが、それでは、自分に負い目があるように思われることも悔しかった。

これまで、親しくしてくれていた病院の専門分野で快く迎えてくれた。公立病院で、院長も何かしら今回の件について伝え聞いていたところが窺えた。しかし、雅彦はそうしたことには一切触れずに、近くのワンルームマンションから通う日々が始まった。


ある日、追い出された病院から患者が送られてきた。雅彦の後に同じ専門分野の専門医が来たはずなのに、送られてきたのだ。この程度の治療もできないのかと不思議だったが、いつものように処置をして廊下に出ると、その患者の身内と思われる女性が、

「先生、立木先生ですね」

と言ってきた。

「はい、そうです。落ち着かれましたので大丈夫と思います。どうぞ、お大事に」

去ろうとすると、何度も何度も頭を下げるので、肩に手をやり、

「どうぞ、見舞ってあげてください」

と、笑顔で部屋に案内した。

ここにいると、今後もこんなことがあるだろうと思いながら、追われた病院で働いてく

れていたスタッフたちには、余計な面倒をかけてはならないと、接触するのを避けていた。

かつてのチームのメンバーたちは、ひとりひとりが優秀な人材で、次の専門医の下で働いているということだった。そして、そのメンバーたちが雅彦に会いたいと話しているという。彼女たちが元気に仕事をしていると聞いて、ひとまず安心した。

もう、月日が経っているので、彼女たちの申し出を受け入れてもいいのではと思った。事故の後、皆に挨拶もすることなく今日まできているので、元気になった姿も見せたいという気持ちにもなった。

リーダーが三人ぐらいずつで会いましょうと段取りをしてきた。あのカフェはまだ病院関係者には知られていないのでいいと思いますが、事故のこともあるので、他を探しましょうかと言ってきた。雅彦は、「私は『大丈夫』」と応えた。


季節が穏やかになっていることもあり、久しぶりのカフェの入口には、鉢植えの花が華やかに咲いていた。夕暮れの陽射しも、心を和ませてくれた。店内には、リーダーと事故の時に同乗していた亜紀、そして、いつも明るいスタッフ美世《ミヨ》がすでに席にいた。

「先生、ご無沙汰でした」

美世が、一番に口を開き、ペコリと会釈した。彼女とは、事故以来、久しぶりに会った。

「先生、お身体の具合いかがですか。心配していました」

「ありがとう。いろいろ迷惑かけてしまったね。お蔭様で随分良くなったよ」

リーダーは、入院中には時折訪ねて来てくれたが、雅彦が今の病院に勤めるようになってからは、病院に誤解を与えてもいけないからと、顔を合わさずに電話やメールでやり取りするようになっていた。リーダーは、そんなことは平気だと言うが、大都会ではないので、どんなつまらない噂になっても申し訳ないと思ったからである。

事故の時に同乗していた亜紀は、元の病院とは関わりのないクリニックに勤めていたので、雅彦に迷惑にならない程度にと世話を焼いてくれている。

「う～ん、サラダとオムライスにしようかな、久しぶりに」

雅彦の事故から今日までの月日や時間など、まるで何もなかったかのような和やかな雰囲気に、三人とも心の緊張の糸がほどけたようだった。メールでは存分に尋ねることはできなかったのでと、

「先生、あのアンケート読まれましたか。亜紀さんにお渡しするように言づけていたのですが」

リーダーが聞いてきた。

「そう、入院中でリハビリに行っていた時なのだが、ベッドサイドの配膳台を開けて探し物をしていた人間がいたと、看護師に聞いたんだ。僕の見舞いには、妻も誰も来ないのを詰所も知っていたので、どちらさんですかと尋ねると、慌てて何も持たずに出ていったとリハビリから戻ってきて聞き、その風貌から、あの強面の理事らしいことがわかったんだ。それで、ここに置いていたら、アンケートを書いた人に余計な迷惑がかかってはいけないと、大阪の実家に送りました。母には、封を切らずに仏壇にしまっておくようにと連絡をして。その後、仏壇というのに、僕も年を取ったなあと思いましたよ。その時は、まだ、復活してみんなの意見を実りあるものにしないといと考えていたのですけど。その後、こんなことになってしまって、アンケートに答えてくれたみんなには、本当に申し訳なく思っています。でも、あれを誰かに託すと言っても、誰がいいのかわからないし、もし、リーダーに預けても、かえって迷惑になると思うので、そうしました」

「アンケートを提出してくれた人たちも気になっているのだけれど、それ以上に、河野看護部長が気にしているのよ。ということは、アユミ先生ね。でも、入院中の先生のところにお渡ししたと言ったので、あの強面理事が行ったのでしょうね。イヤですね」

リーダーは、水をグイと呑んだ。

「結局、何の役にも立てずに、申し訳ないことをしました。かえって迷惑になるようなことになってしまって」

雅彦がすまなさそうに言うと、間髪いれずに、明るいスタッフ美世が、

「先生、お気遣いなさらないでください。先生が、お辞めになったことの方が大事件なのですから。それと、先生の奥さん、いえ、元奥さんが総務のトップについて、みんなの管理体制というより、監視体制が強化された方が病院中の恐怖なのです」

と、話を続けた。

「そうですか。そんなことになっているのですか。皆さんには、どうやってお返しすればいいのか考えなければと思っています」

雅彦は言葉に一区切りつけ、用意された食事に手を付けた。しかし、彼女たちの話は止まらず、

「それなら、先生、病院を開業してください。他の科のことはわかりませんが、先生の後に来られた先生は、どうしようもなく酷いのです。患者さんからも不評で、私たちも腕が鈍らないように頑張らなければって言っているんです」

そう言えば、あの病院から送られてくる患者さんが多いのと、この程度のことで送ってくるのかと、今の病院の医局でも話題になっていたのを思い出していた。

これまで、自分で病院を開業することなど考えたこともなかった。大学病院に勤めていた時も自分が院長になるなど、人生設計にはなかった。自分の研究テーマと、日々の診療に没頭することに何の不満もなかった。それが、ある日、突然に新病院開設に携わり、院長になることになってしまった。その末に、すべてを取り上げられることになった。雅彦は、子供の頃から争うことが嫌いで、自分の目標を決めて、黙々とやっていくことが心地よかった。

すべてをなくし、息子までも祖父の背中を見て成長しているのは、やりきれないものがある。雅彦がこれまで誠実にやってきたことは、いったい何だったのか。

あの病院で持ち上がった問題について、何の進展も導き出すことができなかったことは、自身の不甲斐なさを認めざるを得ないことでもある。

院長をしていた時、雅彦に期待をして意見を投げかけてくれた職員たちに充分な答えを返すことができなかったことに、心の底から申し訳ないと思っている。みんなには、雅彦の印象が情けない逃げの姿になっているのではないかと、懸念していたこともある。

波風を立てず、穏便にしていこうというのは、息子の将来を考えてのことでもあった。どんなに会長一族が裏で醜いことをしていたとしても、息子が跡を継ぐ時には、会長他の御仁の顔ぶれは変わっているに違いない。地域の病院として地域の人々の支えとなる頃には、誤解の霧も消え去ってくれているだろうと安易に考えていた。

雅彦のこうした思いを、今日のメンバーは木っ端微塵に吹き飛ばしてしまった。

「先生の一見、温厚な考えって、実はご自身だけを守っていて、スタッフたちを守ってくださっていることにはならないと思います」

「先生は誰にも負けない確固たる腕をお持ちです。日本いや世界へ行かれることもできます。でも、私たちは違います。今は看護師として働くことはできます。でも、この地域を離れることはできないのです。そして、将来、どんなことがあって、あの病院にお世話にならないとも限りません。あの怖い病院にです」

リーダーが話をさえぎって、

「それは言い過ぎよ。でも、先生がいろいろ考えて身を引かれたことで、かえって、今の病院を増長させ、先生が悪者にされているのです。先生を慕ってきた私たちは、代わりがあれば、いつでも追い出される立場にいるのです。追われたくなければ、会長、アユミ先生、河野看護部長、事務長、それに、先生の元奥さんに睨まれないようにしなければならないのです」

「先生、息子さんも彼らから日々聞かされているため、先生の心をくみ取ることなどあり得ないと思います。あの海野一族ですよ」

「先生、名誉挽回してください。私たち頑張りますから」

久しぶりのお茶会が、これほどの熱気を帯びたものになるとは思いもよらなかった。かつてのチームメンバーの熱意が雅彦のこれまでの不甲斐なさを吹き飛ばしてくれたかのようであった。

医師免許があれば将来に不安がないというのは、一般的な分野でのことで、雅彦のような専門分野の医療技術の寿命は永遠ではない。ほどほどの年齢になれば、次の世代に受け継いでいくことが求められる。それを考えると、今が経験、技術共に自信に満ちている時なのかもしれない。今の病院にいても、仕事に自信を持って立ち向かえていると、雅彦自身も感じている。

今日の話を真面目に考えてみるのもいいかもしれない。冷静に考えると、雅彦の将来の絵図が見えてくるではないか。これまで何事も穏便にやってきたことは、決して褒められたことではない。逃げてきたということに変わりないのだ。

父親には不倫をしたと汚名を着せ、おじいさんが学費も見てくれるから、おじいさんを目標に頑張れと、言い聞かせられて成長してきた息子。

これまでの雅彦は何だったのか。こんな扱いを受けていて何事もなかったかのように済ますのかと、次第に腹立たしさがこみあげてきた。

*

一週間ほど経って、雅彦はリーダーに連絡をした。いつものカフェで会うことを約束した。

この一週間、考えれば考えるほどに、元妻一族への腹立たしさが積もっていったのが正直な気持ちではある。しかし、そんな鬱積をはらすための開業ではない。ひとりの医者が社会に尽くすためであり、スタッフであった彼女たちへの責任でもある。

リーダーと亜紀は、

「先生、決心してくださったんですね。うれしいです。頑張りましょう。計画進行はひそやかに、隠密に。この三人でことを進めましょう。そして、立ち上げはドカンと華々しく」

「華々しくなくていいです。ただ、計画中は絶対漏れないようにしないと、どんな嫌がらせをされるかもしれないので」

雅彦の思いをさらに駆り立てるように、

「計画地は、あの病院の近くにしましょう。私の父は意外に土地持ちなので、まかせてください」

リーダーは握りこぶしに力を入れ、頼もしい顔を見せた。

看護師免許を持っていれば、引く手あまたと言われるが、大都市の看護師と地方の看護師とでは大きく異なる。

地方の看護師は、家庭持ちや親との同居が多く、次々に仕事先を変えるというわけにはいかず、たとえパワハラやイジメがあっても動くことが難しいというのが実情である。従って、病院の内情は、地域では筒抜け状態でもある。

雅彦が不倫して病院を追われたという噂は、地域では知り尽くされた話である。そこに、わざわざクリニックを立ち上げるなど暴挙と言われるだろう。しかし、これまでの雅彦の仕事については、誰もが一目置いてくれているのは歴然とした事実である。

噂を流しているのが誰かはよくわかっている。ならば、仕事の実績として、勝ち誇らなければ、医師としての面目が立たない。

息子にも、海野一族が表の顔の裏に秘めた、いじましさ、卑しさを知る時が来てもいい。地域の人々の医療施設は、医療技術は勿論のこと、医療を求めて来る人々の心を支えるものでなければならないという信念を、息子にも知らしめたいとも考えた。

リーダーの方から数件紹介をされ、ひとりで見てくるように連絡を受けた。自分たちが一緒に行くと目立つので行きませんとのことだった。彼女たちにとっては地元であり、周りは幼い頃からの知人ばかりで、好奇の的になるからと、住所と地図がマンションに送られてきた。

休日に、地図にあったところをまわった。その折に、病院建設の時立ち寄ったことのある町はずれのカフェに向かって車を走らせた。もう、随分前になるので、カフェがそのままあるのかどうか不確かではあったが、緑の道を進んだ。辺りの様子は殆ど変わらず駐車場に車が一台も停まっていないので、寄ってみることにした。営業中とはなっていても夕暮れ時なので、ドアを開け、

「まだ、いいですか？」

と、尋ねると、若い女性が笑みを浮かべて招き入れてくれた。中の様子は、覚えている限り変わっていない。前に来た時に心休まる応対をしてくれた女性は、この女性の母親だったのだろうか。コーヒーを出してくれる物腰は、あの時の雰囲気と変わらないように感じた。

この前に来た時は、町の周辺を初めてドライブし、この町との親しみある付き合いへの期待に胸膨らんでいた。そして、数年後、今度は、同じ町で苦々しい思いをしていることに、本当にこれが現実なのかと疑う雅彦だった。

しばらくすると、母親らしき女性が店内に入ってきて、雅彦の方へ目をやり、

「いらっしゃいませ」

と、会釈すると、振り返り、

「以前にもお出でいただきましたよね。覚えております。随分お久しいですが、またお寄りくださって、ありがとうございます」

数年間の隔たりが、まるでなかったかのような風が流れた。

「これからは、また時々寄らせてもらいます」

雅彦は、この親子の醸し出す柔らかい空気感に心が救われ、また、この町で人生を始めることへの残っていたわだかまりが少し解けた心地にもなった。

カフェを出て、住まいにどうかという家を見に行った。結構立派な家で、雅彦ひとりで住むには、贅沢な邸宅だった。クリニックの採算もまだ定かではないのに、働いてくれるスタッフたちの安定が先で、自分の住まいは寝起きできればいいとリーダーに伝えた。

何もかも彼女たちに頼っているのは情けないとも思っているが、雅彦本人がウロウロと出歩くと目立ってしまい、噂が広まってしまっては、かえってやりにくいというリーダーの意見に、素直に従うことにした。

雅彦は実家へ帰って母に計画のことを話すと、自分と一緒に暮らしてほしいと懇願された。母は自分が年老いていること。雅彦も決して若くないので、これからの厳しい荒波の中に出ていくことが心配だとも言った。開業するなら、実家の方ですればどうかとも言った。父が公立病院長の時と、亡くなってからとでは、海野さんの自分への応対が見事に変わったと、母は言っていた。人を見下したような態度には、驚いたと話したことがある。だから、雅彦がやり玉に挙がった時、きっと正義感の強い雅彦がうるさくなったのだろうと思っていたという。「お父さんは曲がったことは嫌いだ」と話していた父のことを、雅彦自身も尊敬していた。

母には、自分は病院長として間違ったことはしていない。ただ病院の運営を円滑に押し進める配慮が必要だったために、理事会に強く出られず、職員たちには不甲斐ないと思われていたことは、自分自身でもわかっている。だから、名誉のためにも、あの地域でやらせてほしい。クリニックの運営が落ち着き、すべてがうまく動いたら母を呼ぶと言った。すると、あの地には行きたくない、ここにいると言い張る。これほどまでにあの地を嫌がるようにさせてしまったことに、雅彦は申し訳なさを感じざるを得なかった。

用地が決まり、建築が始まると、当然のように地域に衝撃が走る。

同僚の看護師と不倫をして病院を追い出された立木先生が、病院のすぐ近くでクリニックを始めるらしいという情報は、あっという間にそれほど広くない地域に広まった。病院は看護師が出ていくことを予測して、人員確保のための採用をひたすら進めているので、若手スタッフたちはいたたまれず次々と退職した。病院内ではその噂で持ち切りになり、クリニックの方に変わりたいという看護師も出てきた。

雅彦は、要らぬ騒ぎとならないように、リーダーたちとの接触には殊更気をつかった。がしかし、その努力も空しく、リーダーは事務長から罵倒されるが如くクビの宣告を受けることとなった。クリニックの開業準備までの半年間、地域の公立病院でのパートタイマー勤務で繋いでくれた。公立病院の院長は、雅彦に優秀な人材はパートタイマーでもありがたいと言っていた。そして、あのアユミの病院が公立病院の看護師枠に手を突っ込んできているとも話していた。雅彦は院長に丁重に詫びをし、今後の応援を頼みこんだ。

院長は、今後の連携を図り、お互いに地域に役立つようにしようと、励ましてくれた。

開業するにあたって、当初の人員は、公立病院の院長が羨ましいと言ってくれるほどの陣容が集まった。

　開業してから約三か月ほどはなかなか思ったようには滑り出さないのが普通だが、雅彦のところは大きな問題に遭遇することもなく緩やかに歩み出すことができた。これらは、優秀なスタッフたち、そして、そのまとめ役をしてくれるリーダーによるところが大きい。雅彦は、ここに来て、またしても彼女たちに支えられていることに感謝するばかりであった。

　開業後、しばらくして県の医師会に顔を出した。大学病院で一緒だった友人と会う約束をしていた。友人とは、医師会での集まりの後、会館の喫茶室で会った。

「大変だったね。でも、無事に開業にこぎつけて良かったね。いろいろな話を聞くにつけ、大変な所に突っ込んでいったと心配していたよ。とにかく乾杯だ」

と、コーヒーカップを持ち上げて、元気をくれた。三組ほどの客がいたが、それぞれが他に気を取られることなく、話し込んでいた。

　友人が、これからはちょっと都市を外れた地域の医者の一人として気楽に付き合っていこうと励ましてくれたのは、ありがたい限りだった。個人開業医として後輩の雅彦には、運営、連携と頼りになる存在だった。

専門分野を掲げていても、一般的な分野も受けていかなければならない。助けてくれる医師も看護師たちも、スタッフたちもその取り組みへの意識はしっかりしている。雅彦は、専門分野よりも一般的な分野について、これまで以上の勉学と情報の収集に努めなければならない日々が続いた。入院病棟を備えていたので、夜勤スタッフたちも、雅彦が深夜までデスクに向かっているのを知っていたし、気遣っていた。しかし、雅彦はその仕事を決してハードだとは思っていなかった。あの病院で院長をしていた時は、こっそり持ち込まれる医療案件を、担当医師を傷つけないようにサポートすることに気をつかう方が大きな疲れの元だった。もっと、カンファレンスを充実するように言っても、院長から言ってくださいと、みんなが逃げ腰でいたからだ。そうして、雅彦から要望を出すと、誰が言ったのかという話が飛び交い、つまらぬ魔女狩りになるので、雅彦が当事者に直接話さなければならなかった。

それは、医療技術だけでなく、管理体制、コミュニケーション体制と多岐にわたるので、雅彦がすべてを納得させることができる策を講じるのは至難の業だった。

理事会で問題提起しても、それは院長の計らいでと真剣に協議することはなく、海野一族と強面理事、事務長、河野看護部長と誰もが、他人事で終わった。真摯に捉えて、いい病院にしようと考える経営陣はなくて、次第に雅彦は、うるさい存在とされるようになっていった。

そんなかつての病院からすると、今の徹夜作業は、何の苦痛にもならなかった。

土曜日、診療が終わった午後、みんなで好き好きに弁当を開き、談笑する。その二時間ほどは言いたいことを言い合う。雅彦はカンファレンスの時の厳しさとは違う空気を大事にしたいと考えていた。

スタッフたちは、すぐ近くの、あの病院でのいろいろな情報は知っているらしいが、たとえ土曜日の談笑ランチの時でも話題にしようとはせず、我がスタッフたちの品格に敬意を表するほどである。

ある日、診察に訪れた患者さんが、

「先生、食べ物で熱中症になるのですか？」

と、聞いてきた。

「突然、どうしたのですか？」

と、問い直すと、

「あの病院で庭仕事しているハルさんが、河野部長から、そう、先生の元奥さんは、病院内では誰も近寄って親しくする人がいないので、お相手になってほしいとたのまれたらしい。でも、ハルさんは、病院内のことや、元奥さんのことはよく知らないので、夕食に招いたとのこと。そうすると、元奥さんは、何度もハルさんのところへ行くようになっていたのだが、ある日、ハルさんの料理で熱中症になったと言われたと。ハルさん泣いていたわ」

それを聞いていた人みんなが元妻を恐ろしい人だと言い出したところで、

「だから、今このクリニックがあるのです」

リーダーが、笑いながら話を収めてくれた。

一瞬、張りつめた空気をリーダーの機転が救ってくれた。またしても、雅彦は一言も発さず、元妻ならそんな事もあり得る話だとぼんやりと思っていただけだった。どんなに世話になっていても、気に入らなければ罵倒するくらいは何とも思っていないのだと、これまでの様子を思い出していた。もう、雅彦が耳にすることのない荒々しい言葉の数々。まだ続いているのだろう。息子の敬史もそうしたことに何の疑問も抱かずにいるとしたら、彼の今後を考えると、父親としての責任を果たさなければと強く思った。雅彦が逃げてばかりではいけない。将来この地域で人々に受け入れられる医師になるために伝えなければならないことがあると、心にしっかりと留め置いた。

祖父や母親、伯母たちの考えを良きこととして育ってきた息子は、海野イズムに感化されているのだろうか。大学でいろいろな人と付き合いながら他も見て、また友にも教えられて成長してきただろうか。しかし、海野一族の病院からの影響はどんなものよりも強大なものに違いない。

父親は浮気して病院を追い出されたと言う汚名を、息子は背負っているぐらいのことを思っているのではないか。

ひとりの患者さんからの話がきっかけで、日頃の忙しさに追われて忘れていたものが思い巡らされてきた。

患者さんの一人が、温泉旅行に行ってきたのでお土産にと言って渡された紙袋を、リーダーが雅彦のところへ持って来た。

「お土産だけですよね」

リーダーは、笑いながら、紙袋の中を覗き込んだ。

「いやだねえ。あの病院ではあるまいし。あの病院だったら、金封を入れないといけないからね」

そんな患者さんとリーダーの会話が聞こえてくる。

「そう、あの病院の若い事務長は、先生に渡してほしいと言われた菓子箱を事務所に戻らずに自分の車に持っていくらしいよ。だから、金封入れている時は、先生に直接渡さないと届かないって聞いたよ」

「ヒエー！　そんなことがあるんですか！　うちへは、金封届かないですけれどー」

と看護師がおどけると、

「先生のところは、菓子折りでも陣中見舞いでも受け取ってくれないではないか」

今度、大根持ってくると言って、患者さんが診察室を後にした。

あの病院での金品の授受は、相変わらず続いているようだ。雅彦のクリニックでは、受け取らないようにしているのだが、今回のような場合は、すぐ雅彦に報告し、ノートに詳細を書き入れ、その都度礼状を出すようにしている。野菜ぐらいで礼状はいらないという患者さんもいるが、患者さんが描いてくれた手づくりの絵葉書を送ると、大変喜んでくれるので、それが習慣になっている。季節の風景や花木のさし絵を描いた絵葉書は教室に習いに行っている患者さんのひとりがその成果を持ってきてくれる。その葉書のひと角に〝ありがとう〟のコメントを書き入れるのだ。

スタッフたちには仕事が増えて申し訳ないと言ったが、それくらい大丈夫、葉書を書くのも楽しみだと、開院以来続いている。

休日は、朝のうちに入院患者さんの様子を見終わってから自分の時間を過ごすことにしている。

車で田舎道を走っていると、田んぼや畑で作業している風景を見ることができる。もしかしたら、この辺りからもクリニックに来てくれている患者さんがいるのかもしれない。診察室でほんのひと時会話するだけで、その患者さんの暮らしぶりに触れることはできないが、この日々の中にこそ、生活習慣病が潜んでいるのだ。身体の調子を損ねてからクリニックに治療に来るのではなく、悪くならないように、健康でいるための知恵を持ってもらうことも、地域の医師としての役割ではないか。大学にいた時、教授について講演会へ数回同行したことを思い出した。教授も同じ専門分野の研究者なので、何かを伝えようと連れて歩いてくれたのだろうが、その頃はひたすら専門分野の治療技術にのめりこんでいた若い医者だった雅彦には、まだ教授の意図にたどり着けないでいた。しかし、英国に留学したことで、教授の指している先を知ることになった。

その後、次々に荒波の襲来を受け、本来のあるべき姿を忘れていたように思う。ようやく心に落ち着きを取り戻した今、この気づきは何らかの形で表現しなければと考えていた。

緑の道を行くと、カフェにたどり着いた。これまでは車が停車しているかどうかが気になっていたが、今回は、二台停まっていても気にすることなく、その横に並んで駐車した。

店内に入ると、お客さんと喋っていたオーナーの女性がにこやかな笑みを浮かべて出てきた。

「ようこそ。お出くださってありがとうございます。こちらでよろしいですか」

と、席に案内してくれた。奥に、まだ産まれてそれほど経たない乳飲み子をあやしている娘らしき若い女性の姿が見えた。

この前来た時より、それほどの年月が経ってもいないのに、このカフェに新しい命が誕生していたことが、我がことのように温かい気持ちになれる自分に戻っていた。

このオーナーの女性の穏やかな言動、丁寧なもてなしは、娘さんに教えるまでもなく、日頃の積み重ねの賜物なのだろう。

一杯のコーヒーがこれほど自分自身を述懐させてくれるものかと、じっとカップに目をやった。そして、コーヒーの味わいではなく、ここに広がる空気感が心を癒してくれるのではと思った。

ここのオーナーは、雅彦に素性を尋ねることなく、入口まで出てきて、車に軽く手を振り見送ってくれた。雅彦は、このカフェに来るようになって、いろいろなことを感じさせてくれる、気づかせてくれるひとときの時間を大切にしたいと思うようになっていた。


雅彦は、息子の敬史が医学部を卒業し、国家試験も通り、研修医として地方の病院に行っているという話を聞いた。狭い地域では、情報は津々浦々まで流れる。元妻である敬史の母親は、跡継ぎが誕生したと誇らしげに友人に話したらしい。一人前になるまでには、まだまだ長い道程がある。でも、とにかく研修医まで来たことに、雅彦は、少なからず安堵していた。たとえ妻とは別れたと言っても、敬史が自分の息子であることに変わりはない。そう遠くはない将来、この地に帰って来て、あの病院に入るのであろう。あの海野一族の価値観をしっかり叩き込まれた息子の姿は、いったいどんなものであろうか。

　息子が医師になったことで、元妻とアユミ先生の横暴ぶりは酷くなったという。これはいったいどういうことなんだろうと思ったが、地域では噂が広まっている。これからは医師の要請を外部に求めなくてもいい、すべてを海野一族でやっていけると豪語しているらしい。ということは、今、大学病院から来てくれている医師に不満があるのだろうか。

　あちらの病院からは、波風の騒めきばかりが聞こえてくる。雅彦は、スタッフたちがいろいろな噂に惑わされないように、雅彦も一切関知するものではないと、リーダーに伝達した。そして、カンファレンスの時に、このクリニックを一層価値あるものにするために励みたいのでよろしくと、いつもよりも強く断言した。


　これまで、計画しつつ実行できていなかった、地域に出向いての予防医学の出前講座を進めることにした。こういうことを行うとなると、スタッフに負担がかかり、増員の必要が出てくるので、リーダーに相談して、次にスタッフ全員に理解を求めた。毎月ではない、隔月に一度ぐらいから始めるのに、皆が快く協力してくれるという。

一回で終わるのではないので、まずは雅彦が出した年間六回分のテーマについて、みんなも検討してほしいと話すと、スタッフたちからは、自分たちも看護師として人に話す機会ができると、前向きな意見が出てきた。

何をするにも、始めるとなると、準備や段取り、先方との下打ち合わせなど、大変な仕事が増える。進めてよかったのかと悩んでいる雅彦に、

「先生、このクリニックを始めようというときの迷いは、みんなで吹き飛ばしましたよね。今度も、先生の気遣いは不要です。みんなも新しい看護師像を求めているのですから、全員で一緒にスタートです」

またもやリーダーの励ましを受けて、歩み始めた。

かつて、まだ浸透していなかった緩和ケアの病院を東北で立ち上げる時、友人の女性医師がそのリーダーに抜擢されたのだが、田舎の人に緩和ケアの重要性を説くことは至難の業といっても過言ではない。そのために、病院仕事が終わった後、看護師さんひとりを伴って遠路を出向いて行っていたのを思い出していた。

「先生、そこまでしなくても」

と言うスタッフに、

「医師ひとりが誕生するためには、多くの税金を使わせてもらっているのよ。国立でも、私立でも。そして、医師という資格があれば、一般的なサラリーマンよりも高い収入が得られているのよ。それは、人の命を預かるという責任を託されたことなの。医師になったからには、皆さんにお返しするのが当然の役目だと、私は思っているの」

その女性医師の言葉はもっともな話ではあるものの、こういったことを意識している医師がどれほどいるだろうか。

雅彦は、この東北の女性医師や、大学の教授、そして我がリーダーをはじめとして、多くの品格ある考えに接することができて、今に至っていると思う。いつも躊躇し、強く踏み出せない雅彦は、自分自身の不甲斐なさ、事なかれ主義に活力を与え、支えとなってくれている人たちの言葉の重みを忘れてはいない。


あの海野の病院を辞めて、雅彦のクリニックに来たいという看護師がいるという話がまた出た。

雅彦のところは人員要請をしているが、辞めてすぐに移ってきたとなると、要らぬ誤解を受けるとも限らない。スタッフたちは、そんなこと気にすることはないと言うが、雅彦は余計な波風は立てたくないと考えていた。その辞めるきっかけというのが、元妻にあるというなら、なおさらだ。

その看護師の話によると、アユミ先生から指示が出たので、それを同僚と段取りしようとしていたところ、突然、アユミ先生から電話が入り、

「私のことを呼び捨てにするなんてどういうことか。姉が聞いていた」

ということなので、何のことかも分からずに、呼び捨てなどしていないと答えると、その姉に電話を代わって、

「私は聞きました。嘘など言いません」

と、罵倒されたという。そして、総務チーフであるアユミ先生のお姉さんの姿を見ていないのに、どういうことだろうかと話していたら、事務の人が「ドアに耳を寄せている総務チーフの姿を見たけれど、何かあったの」と聞いてきたので、盗み聞きしていたことがわかったという。勿論、呼び捨てなどしていないが、その盗み聞いていたことと、呼び捨てをしたと事実無根のことで罵倒してくるのには耐えきれないと辞める決心をしたとのことだった。こうしたことが、またもや元妻によるものというのは、聞いていていてつらいもの

があるが、さもありなんと突き放した捉え方をしていた。

そんな母親や海野一族にガードされて育ってきた息子は、どんな大人になっているのか、雅彦にとっては、気がかりなことだった。

＊

雅彦の息子、敬史は、研修医として地方の病院にいた。育った地を離れ、いろいろな影響下から逃れた地は快適だった。自分の将来を、母親とその一族に握られていることから解放された日々は、軽快な気持ちになれた。

同じ病院で働く麻子とは、半年の交際期間を経て、結婚を決意した。二人は、あと半年少しで終わる敬史の研修医生活が終わったら結婚式を挙げようと考えていた。麻子の両親は、敬史が麻子を連れて自分たちの元を出ていくのは、殊の外つらいと言っていた。

敬史が、結婚することを母に連絡すると、

「相手はドクター？　まさか、ナースではないのでしょうね」

開口一番言ってきた。

「一緒に働いているナースだよ」

というと、しばし、絶句したように、声が途切れた。

「とにかく、話はいったん止めなさい。おじいさんにも相談しなければならないから」

敬史の母はかなり慌てた様子で、電話を切らずに聞くに堪えない言葉を吐いていた。

母だけでなく、祖母からも、結婚を考え直すようにとの電話が何度かあった。敬史が。

春になって暖かくなったら時間を作って一度帰るからと言っていたが、母は雪深い寒い研修の地へやって来た。遠いところを来るのだから、麻子の両親に挨拶をするために来るのだと思っていたら、とんでもなかった。麻子の実家、素性を調べに来たというのだ。敬史から母が来ると聞いていた麻子の両親は、家ではむさ苦しいからと、市内のホテルの喫茶室に予約を入れていた。母は、まだ結婚を認めたわけではないので会うことはできないと言ったが、敬史が、

「それなら、もう二度と帰らない」

と、言うと、

「認めたわけではないが、会うだけは」

と、ホテルに出向いた。そして、麻子のことに触れないように、親族関係のことばかりを尋ねていた。敬史は麻子と二人で、母を送りに駅まで行ったが、その帰り、麻子が、

「お母さんは、私や私の家族を見下しておられるのね。私の両親に申し訳なかったわ」

と、つらそうに言った。

敬史は、自分の母の言葉尻は聞き慣れていたので、それほど気になることもなかったが、麻子や麻子の両親を傷つける表現があったことに、さすがに取り成す術もなかった。

そう言えば、大学生の時にお付き合いをしている医学生がいて、学園祭で母に会わせたらご満悦で、是非ご両親に会いたいといったことがあった。しかし、実現しなかったら、父親のことがあるからと父親への恨み言を言ったことがあった。その友人のお父さんは、敬史の別れた父のことを知っていて、父を優秀な研究医師だと言っていたのを思い出した。

麻子の両親に対してどうすればよいかがわからず、言葉が見つからないでいたら、麻子が、結婚するのは私と敬史なのだから、父も母もきっと気持ちを収めてくれると思うので、敬史は重荷に思わなくていいと言ってくれた。

研修が終わり、初めての勤務地は敬史の実家とは離れた地の病院を教授に勧めてもらっ

た。麻子の実家からは比較的便利なところで、敬史としては麻子や麻子の両親へのせめてもの心遣いをしたつもりであった。結婚式も簡略にし、初めての勤務地へ早々に出かけた。敬史の母は、新居への招きもないので祖父母に不満を言っていたらしいが、敬史は、初めてのところでの共働きで、今精一杯だからと押しとどめていた。

二人とも、仕事にも生活にも慣れてきて、それぞれに仕事の上での友人との交流も楽しくなってきた頃、敬史の実家の病院に勤めていたという看護師が麻子の勤めている病院に来た。こんなに離れたところで出会うなど、不思議な縁だとお互いに思いつつ、気の合ったこともあって、よくお茶を楽しんでいた。

その友人の看護師は、麻子の夫がその病院一族の一員ということで、できる限り病院のことに触れないよう、話題には気を遣っていたが、実は麻子は敬史の実家の病院のことをよく知らなかった。敬史の父が病院の院長を辞めてからすぐ近くでクリニックを開業していることにちょっと不思議さを感じていたので、その友人に、どうしてこんな遠くに来たのかを聞くことから真意を見つけようとした。敬史も実家のこと、別れた父のことを敢えて話そうとしなかったので、麻子は自分から聞き出そうともしなかったが、知りたいと思っていたことではあった。

友人は夫の転勤で来たという。最初、転勤の話が出た時、三年間だったので、単身赴任にしようかといっていたが、病院で嫌がらせを受けて、病院を辞めたのだという。

理事長の娘でもあるアユミ医師が市の会合で講演をするので、職員は休みや時間の段取りをつけて行くようにと言われたが、友人は、休みに役所に行く用事があって行けなかったという。そして、翌日出勤すると事務長に呼ばれて、急にその日から夜勤の方に行くように言われてしまったとか。それで、理事長に話をしたいと言ったら、横を通ったそのアユミ医師は、木で鼻をくくったような態度で取り合ってくれなかったと、その時を思い出したのか涙を流しながら状況を説明してくれた。帰宅して夫に話したら、そんなところにいることはないと言われ、急遽、転勤についてきたという。

麻子は、友人のことだけでなく、敬史の父親のことが気になっていたが、こんなに涙を流しているのに、いろいろ話してとも言いにくく、今度、休みの日にランチしようと約束して別れた。

敬史が自分の実家のことを話したがらないのは、いろいろあるのではと推察した。

もう、入籍しているし、敬史が麻子に頼っているのは麻子も承知のことなので、実家の実態を麻子が知ったからといって敬史との関係が拗《こじ》れることはない。麻子は、敬史の母親の麻子の両親に対する高飛車な対応がこの先も続くというのは許しがたいと思っていた。

夫が医師だという妻が、どうしてなのか横柄だという話はよくある。麻子がこれまで勤めていたところでも、医者の妻って、そんなに偉いのかしらと思う場面に遭遇したことは何度もあった。医師としての夫の業績は、妻のお蔭だと言わんばかりに振る舞っている女性を見ていて、麻子は、なんて浅はかな人なのだろう。間違ってもそんな恥ずかしい妻にはならないと、心に決めていた。しかし、敬史の実家の家族たちは今日の話を聞いただけでもその色に染まっている感じがする。敬史はそうしたことに気づいていないのか。それとも、うるさいので、関わらないようにしているのか。そして、父親のことをどう思っているのかなど、これから、紐解いていかなければならないことがあると、考えていた。

麻子が、敬史にお父さんと会うことがあるのかと聞くと、

「浮気をして病院を辞めたので、その後は会ったことはない」

と言ったので、お母さんから聞いた話だけかと問うと、そうだという返事だった。敬史はどちらかというと穏やかで、あまり物に動じないところが麻子は気に入っていた。しかし、自分の父親が病院を追われて、すぐ近くで開業するということに何も感じないというのは、

真実を知りたくないというズルさかもしれないと思っていた。

友人とのランチに出かける日が来た。ゆっくり話したいので、イタリアンの広いフロアのところにした。友人はすっかりおめかしして、明るい笑顔が素敵だった。この前の涙が嘘のようだった。

ランチが終わって、デザートとお茶が出てきた。麻子は、その時を見計らって、

「それで、うちの敬史のところの話なんだけれど」

そう切り出すと、友人は、たじろぎもせずに、

「そうだと思っていました。麻子さんは、よくお知りになっていないみたいだと、この前お話しした時にわかりました。それから、いろいろ知られない方がいいかとも考えたのですが、次のお誘いを受けて、きっとお聞きになりたいことがあると察知しました。いずれは、敬史さんとご実家の病院に帰られるのでしょう。私も夫の仕事の関係と二人の実家があるので、そちらに戻ることになる。その時がいい環境であってほしいと思って。麻子さんにお話ししたことで、今の病院を追われることもないし。初めてお話しした時に、麻子さんが誠実な方だと直感でわかりましたので」

「ありがとう。私、敬史の妻となっても、上を目指して質の高い看護師でありたいと夢を持っているの。これからもっと勉強していくつもり。敬史にも医師として立派に役目を果たしてほしいのだけれど、敬史のお母さんと会った時、何か違うのではと感じたの。そこに、あなたの話を聞いて、私には知らなければならないことがあると確信したのよ」

友人は、麻子の言葉に力強さを感じた。

病院は、海野一族の強権体制であることや、金封のことやらを打ち明けた。そして、

「敬史さんのお父さんの立木雅彦先生は、ご自身が院長の時に改善を試みられたのですが、なかなかうまくいかず、そこへ事故を起こしてしまわれたの。その時にスタッフを同乗させていたので、それを不倫だとして、追われてしまわれたのです。先生は、不倫などなさっていません。だから、それを知っている先生のチームのみんなが名誉挽回のために近くで開業してくださいと先生の背中を押したのです。先生は躊躇なさったそうですが、将来、息子さんが病院を継ぐ時に、父親は不倫をしてどこかへ行ったなどの汚名を着せられたままではつらいと、医療技術も心のケアも優れたクリニックを目指して頑張っておられるのです。数年後、故郷に帰ったら、立木先生のところでお世話になりたいのですが、スタッフはみんな精鋭ばかりです。このままでは、入れてもらえる余地はないでしょう」

麻子は、自分が想像していたこと以上の事実に、すぐに応じる言葉が見つからなかった。今日、知ったことを敬史はどのくらい知っているのだろうか。実家に帰った時に出会う子供の頃の友達が話すこともないだろう。あの友人が病院で働いていたから知り得たことで、敬史はお母さんの話やその周りの海野一族の言葉しか聞かされていないのだろう。今すぐにではないにしろ、敬史は海野一族の病院に入り、祖父の助けをしたいと考えている。祖父を師のように思っている敬史に、事実をどのように伝えればいいのか。

麻子は、敬史を酷く傷つけないようにではあるが、間違いのないように伝えなければと心に決めた。

ある日、敬史と麻子は散歩の途中に、お洒落なカフェを見つけた。二人とも気に入って、わくわくしながら席を探した。テラスのある明るい一角の丸テーブルを選んだ。二人は向かい合うのではなく、外に向かって並ぶように席についた。お茶だけでなく、デザートも頼むことにした。二人の間には、知り合ったばかりの恋人のような風が流れているようだった。麻子が唐突に、

「敬史くんの実家の病院の近くに、こんなカフェのようなところはあるの?」

と聞くと、

「病院の周りにはないのではないかな。自宅の近くにはあるけれど。母はよく知っていると思うよ」

と言ったので、

「今度、一度病院の方へ行ってみない？」

敬史は、麻子が海野の病院へ行きたがらないと思っていたので、その言葉に一瞬、驚いた。

「麻子は行きたがらないと思っていたのでビックリしたよ」

と返すと、

「この柔らかい日差しとカフェの雰囲気で、ちょっと頭がふれたかな？」

麻子は、デザートに手をつけながら、笑っていた。これまでに麻子が敬史の実家に行きたくないと言ったことはないのに、敬史は何かに気づいていたのだ。どちらかというと、あまり気持ちを推し量るタイプではないと思っていたので、麻子は少し驚いた。

「このことは、敬史のご実家には絶対内緒にしておいてね」

敬史には、その思惑はわからなかった。まあ、黙っていればいいだけなのだろうと思い、帰り道を急いだ。

麻子は、一度、敬史のお父さんである立木雅彦先生に会いたいと思っていた。敬史はもう、随分長い間会っていない。会いたいとも言わない。きっと、母親や海野一族からいい話は聞かされていないのだろう。海野一族と立木先生とでは、人生の価値観が異なるようだ。しかし、他人の話をすべて鵜呑みにしないで、直接会いたい。会話したいと麻子は思った。これから共に人生を歩む敬史には値打ちある生き方をしてほしいし、麻子も誇りある看護師となるために、大事なのは敬史の実家の病院ではないように思った。

敬史と麻子は、敬史の実家には一切知らせずに新幹線に乗った。敬史は麻子のサプライズぐらいに受け取っていたが、新幹線の中で麻子が今回の意図を丁寧に話すと、敬史は、爆発しそうなくらいに驚き、頭を抱えてしまった。

麻子は、新幹線が駅に到着するまでに、敬史の動揺を鎮めることにつとめた。これほどまでに動揺するということは、今までどんな話を聞かされていたのだろうかとも考えた。

立木先生も驚かれるにちがいないが、もし、このことを海野一族が知ったなら、どんな横槍を入れてくるとも限らない。敬史には、絶対に実家には黙っているように念を押した。

クリニックには、近くまで来たのでと電話を入れたが、何かの間違いではと、先生への取り次ぎには時間を要した。土曜日だったので、最後の診察を済ませて、奥に案内された。

「突然にすみません。妻の麻子です」

敬史が紹介すると、

「それは、おめでとうございます」

といった目には光るものがあった。麻子は、その涙に友人の話していた真実を見た。

「お昼時ですが、どこがいいでしょうか」

その言葉に、リーダーが、

「お出かけになると目立ちますので、お弁当を調達してきます。院内でゆっくりなさった方がよろしいのではと。出過ぎましたでしょうか」

「どうですか」

雅彦は、リーダーの申し出を二人に尋ね、了解を求めた。この地域は狭いので、誰が見ているかわからない。敬史と立木の落ち着かない様子とは裏腹に、麻子の度胸はしっかり据わっていた。

クリニックのスタッフのほとんどは以前海野一族の病院にいたので、敬史のことは、覚えているようだった。新しいスタッフたちは怪訝そうにしていたが、事情を知るスタッフたちには、仕事が済み次第引き揚げてくださって結構ですと雅彦の言葉を伝えていた。

取り寄せてくれた弁当を食べ、リーダーがコーヒーを入れてくれる頃になって、ようやく敬史は落ち着きを取り戻した感じに、麻子には見えた。雅彦もどこか浮ついた様子に、父と息子、似ているように見えた。あの母親のように人を見下した素振りは、どこにもうかがえなかった。

帰る時間になって、

「結婚のお祝いをさせてくださいね」

雅彦の申し出に、二人は頭を下げ、笑みを返した。

「新幹線の時間があるので、失礼します」

麻子の言葉は、敬史の実家へは寄らないことを知らせたものだった。

「では、送りましょう」
との雅彦の申し出に、またしても、
「人目がありますので、私がお送りします」
と、リーダーのチェックが入った。

麻子は、敬史のお父さんはいいスタッフに支えられている。そしてこれは、立木先生の人柄にみんながついてきている証だと見た。帰りの新幹線での敬史は、すっかり疲れ切ってぐったりしていたが、麻子は、思い切って会いに来たことに間違いがなかったと、納得していた。

麻子は、友人に会って、立木先生のクリニックへ行ったことを話した。次にすることは、敬史も自分も、仕事の質を向上させ、人々の心を癒せる人間になる努力をすることだと、自分に言い聞かせていた。この言葉は立木先生のクリニックに額に入れて掲げられていたもので、麻子は、ちゃっかりいただいてしまったと、笑うのだった。

いつの日になるか定かではないが、将来、敬史が実家の病院を継ぐことになる時、麻子は、立木先生のクリニックで働きたいと考えていた。

二人の休日が一緒になったので、散歩がてら、気に入っているカフェに、吸い込まれるように入っていった。

いつものお茶とデザートを楽しんでいると、

「麻子、このところ、疲れを知らない元気マダムだね」

と、敬史が言ってきたので、

「将来の目指す目標が決まったの。敬史が実家の病院を継ぐようになったら、私は立木先生のクリニックに行かせてもらおうと思っているの。そのために、勉強するつもりよ」

麻子は、初めて敬史に打ち明けた。すると、

「僕も、親父のクリニックに決めている」

敬史の言葉に、

「そんなことになったらお母さん大暴れするんじゃない？　敬史の一族も」

「大丈夫。アユミ先生のところも、下のおじさんのところも、子供がいるでしょう。僕は決めているよ。親父と麻子と一緒に、三人で頑張ろう」

麻子は、敬史が意外にもわかっていることに驚き、ひとまず安心した。そして、少し頼もしい表情の敬史に見入っていた。

敬史の追う背中は、祖父ではなく、我が親父になったようであった。

著者プロフィール

なぁり

これまで75年の人生、
多くの人と出会い、理不尽なこと、不可解なことに多々遭遇してきた。
見た、聞いた、知った、伝えられた様々を
フィクションとして書き述べていきたい。God bless you.

カバーイラスト・カバーデザイン原案

Chicaco Kanazawa

インテリアデザイナー、一級建築士。
個人住宅、店舗、施設の建築からインテリアまでをトータルプロデュースしている。
神戸北野ホテルの開発建築プロジェクトに参画。

真の背中にたどりつけ！

2024年２月15日　初版第１刷発行

著　者　なぁり
発行者　瓜谷 綱延
発行所　株式会社文芸社
〒160-0022　東京都新宿区新宿1－10－1
電話　03-5369-3060（代表）
03-5369-2299（販売）

印刷所　株式会社フクイン

ISBN978-4-286-24823-3